佐々 泉太郎

恋の埋み火

恋と愛のシリーズ　第二弾

東京図書出版

恋の埋み火

目次

恋はふたたび

僕には妻がいた。生活を共にしたのは三十五年間だった。そして離婚したことはなかった。正確に言えば離婚し掛かったことがあって一年半別居したことはある。離婚しなかったから三十五年連続の夫婦だった。妻、つまり紀子はガンで死んだ。それから三年が過ぎ、紀子と交際のあった加賀谷《かがや》和子と木村結花《ゆうか》とずいぶん親しくなった。二人とも紀子と同じ歳である。

ときどき紀子を思い出すのだが似顔を描けといわれたら、それらしく描けるかどうか。三十五年も一緒に暮らしたんだから、年毎に心底好きになってしまった妻だったから、怒ったり怒鳴ったりしたことなど一度もなかった。朝夕に作ってくれた料理がどんなものだったとか、楽しかった話題はなんだったか言ってみろと言われても、三十五年間の万分の一しか思い出せないだろう。思い出せることがあるとすれば、褥の中で指先に残る肌の温もりと柔らかさ、挨拶代わりだったキスの感触ぐらいかもしれない。だが、紀子が家出して一年半も帰って来なかったときの日々と、帰ってきた日のことはありありと甦る。紀子は僅かばかりの骨を残して今は死者の世にいる。どうしているだろうか。心も燃えてなくなっているのだろうか。

地球の歴史から見れば、人類三十万年の歴史から見れば、ほんの一瞬でしかない僕の人生とはなんだろう。

高齢者に支払う年金や医療費が青壮年の負担になっているというのだから、定年退職と同時に、チョッキン、と死ぬのが、人のため、世のためかと思った。だが、百歳の男女がニコニコ笑っているのを見ると、僕も百歳までこれから三十年近くも生きることになりそうだ。三十年は生まれてから社会人らしくなるまでの年数ではないか。その年月の僕の命を人が見ればほっこりするようなものにしたいと思うようになってきた。そうなるとこれからの三十年は人生最後の山場ではないか。そのように僕に精気を引きだしてくれたのは和子と結花だ。

この二人の老女と話していると、四十、五十の若造に任せてはおけないなどと、背を伸ばしたくなる。

久しぶりに上野の山に行き西洋美術館が開いていたので入ってみた。常設展示の西洋絵画とフランス彫刻を観賞できた。

美術館は混んでいたが、外に出ると渋谷のスクランブル交差点のようなありさまで、ぶつからないように気配りしながらようやく人がいない常緑樹の下に立った。今日は日曜日だったのだ。斜めに見上げる空に桜花の梢が重なり合って日光を受け、輝く花、陰の花が寄り集まって賑々しく、そして静かだ。視線を下ろすと、シートが樹下を埋め尽くし、女達の声が耳を聾している。人出に悪酔いした気分で御徒町の方に出る道すがら、旧寛永寺五重塔を見上げ、立ち止まる人の少ない彰義隊の墓前にたたずんだ。

錦旗の恫喝に耐えて戦った隊士が八百人だとか。そんな百三十年も昔に思いを馳せていると、僕を膝に乗せてくれた祖父の父親、代々続いた秋田の農家だった曾祖父はどんな男だったろうと想像した。それは驚くほどの昔ではないのに残されたわずかばかりの農具や墨書の記録からしか想像できない。百三十年は長いのかもしれない。

終戦から二十年も経った頃だった。紀子とこの上野の精養軒で一度だけ洋食を食べたことがある。味が濃かった。太平洋戦争の後、東北から押し寄せて来るお上りさんの味覚に合わせていたのが伝統の味になっていたのだろう。最近は入ったことがないから、味がどう変わったかは知らない。一人で入ってみる気がしない。

ぼんやりと夢見る気分から現実に戻って、そうだ、久しぶりだ、松坂屋に行ってみよう。いつも手を繋いだり腕を組んだりして歩いていた紀子がいないから、左の脇の下がなんとなくスースーする。秋田にいた頃、電気機関車が曳く列車で上京すると終着駅は上野だった。帰りはこのデパートの賑々しさに圧倒されながら見物し、アメヤ横丁を歩いて上野駅に行ったものだ。

そろそろ夕刻、百貨店内もアメヤ横丁も、身動きできないほどの雑踏は昔に変わらなかったが、上等な生活必需品というよりは、贅沢品に見える品々が並んでいた。感慨を覚えるような雰囲気もなかった。

光が丘の我が家へ帰りついて、疲れたから夕食は最寄りのファミリーレストランでと思い、部屋着に着替えないでいると結花がやってきた。昔婚約してそして別れた女だ。僕の方から一方的に婚約を破棄したのだから、今も僕には罪の意識が残っている。僕の離婚騒動のときも、紀子が死んだときも、結花は和子と一緒に僕を支えてくれた。それほどの恨みは引きずっていないらしい。

「どこへ行ってたの」

「上野の美術館」

「そう。楽しかった？」

「もの凄い人出だった」

「今日は日曜だものね。あら、お土産ないの」

「疲れちゃって何も買ってこなかった。これからファミレスにでも行こうかなって思ってたところなんだ」

「それじゃ、コンビニでおにぎりを買ってきて良かったあ。すぐ味噌汁作ってあげるから待ってて」

　助かった、ファミレスに行かなくて済む。洋間の椅子に腰を下ろした。

「ポットの水を入れ替えて、スイッチを入れといて。ところでね、聡さん。娘がね、花凜《かりん》がね、一緒に住もうって言ってくれるのよね。川越に住んでいるのよ。小さい子供が三人もいるし、同居は無理なの」と言いながら味噌汁を椀によそって盆に載せ運んできた。

　親が七十歳を超えれば引き取りたい子供は多い。親と一緒に住みたいというより、一緒の方が安心なのだ。しかし、生活習慣は親世代とはそうとう違う。実際に同居すれば、子供夫婦にとってたちまち煩わしい存在になるだろう。一緒に住もうと言われても、どこまで本心かは分からない。同居をためらう気持ちが分かる。

　三世代同居は秋田でなら普通にみられるが、東京では二世代同居でさえ子供が成長してくると鬱陶《うっとう》しくなる。戸建てでも庭は狭いし廊下はないも同然だから、互いに顔を突き合わせている気分になる。年寄りは目障りになってくる。結花の前夫土師毅《はじつよし》との間の息子二人のうち一人はドイツ、もう一人は大阪に住んでいるので、今住んでいる光が丘の家は土師の死後、結花が相続し、木村と住んでいた家は木村との娘花凜が相続したが、空き家になったので売却するらしい。

「僕もね、子供達に自分達の家で一緒に暮らそうと誘われてはいるんだけど、結花さんとおなじだ。そりゃあ子供も孫も可愛いさ。しかしさ、昔流に庭が広くて、広い廊下が広いいくつもの部屋を取り巻いていて、囲炉裏のある広い台所がある家で、床の間を背にあぐらをかいていれば、若者夫婦も孫も朝は挨拶に来るし、食事では爺様が箸を取るまでは手を膝に正座して待つというような時代でもだよ、やっぱり子供夫婦との同居は窮屈だなあ。昔の隠居はいつも肩肘張っていたんだろうなあ。僕には無理だ。御免被《こうむ》りますだ」

「元気なうちは一人がいいわよねえ。お盆のときと年末年始には娘、息子、孫がみんなあたしの家に集まってくれるのよ。それで十分よねえ」

「僕んとこも同じだなあ。でもなあ、もっと年取ると、周囲が心配するだろうなあ。誰も知らないうちに死んでたなんてことになるからな。僕は誰もいないところで死んでも差し支えないとは思ってるけど、子供達が迷惑するだろう」

「それはどうかしら。やっぱり子供達に囲まれて死にたいわ、あたしは」

「子供達家族みんなと朝食をとった後、お年寄りが部屋に一人きりになって、そして二、三時間後に、誰もいないときに死んでいるのが見つかるってことは珍しくないんだ。それでね、午前十時前後を魔の十時って呼んだりするんだけど、これも孤独死なんだ」

結花は僕とは話が合う爽やかな聡明美人と思っていた。恋仲になり婚約したのに、紀子という美しい女が押し入ってきて結婚することになった。美しさに惑わされたわけではなく、その時の成り行きとしか言いようがないのだった。紀子を押し倒し激しく交わり、研修医になって一年目に経験させられた死病の告知という耐え難い苦痛から瞬時逃れたのだった。初めての性体験だった。僕は結花に事情を話して婚約破棄を告げた。結花は僕の頬を激しく平手打ちして去った。紀子を好きになっていたわけではなかったので、生涯二度と会うはずのない結花をしばしば思い出したものだった。

結花の夫土師毅が不治の病の診断書を持って僕のところへ来たのはそれから十年経った時だった。土師の住まいがたまたま僕の家に近かったので、研修医時代に指導してくれた医師が僕を掛かりつけ医に推薦して寄こしたのだった。毅はその年の暮れに死んだ。これが結花との再会の一回目だった。

二回目の再会は紀子が死んだときだった。

膵臓ガンが再発した紀子の治療、看病、介護に没頭して十カ月目に死んだ。底知れない喪失感に浸った。紀子の逝った先へ僕も行きたいと思っていたとき、看護部次長（副総師長）になっていた和子が結花と僕の家に上がり込み、賑やかに雑談して僕を元気づけた。結花は再婚して娘一人を得た木村が急死して二年経っていたのだった。

「親に孤立死されたら子供達はどんな気持ちになると思う。罪の意識が湧いてくるんじゃないか」

「孤立死じゃなくて孤独死でしょ。言葉は似てるけど違うのよ。孤立死ってのはね、地域からも孤立した状態で死ぬことなの。孤独死はね、たまたま誰もいない所で急病で死ぬことなのよ。ところでさっきの話だけど、介護付きのホームにでも入る？」

「ぎりぎりまで入りたくないなあ。認知症になれば別だけど」

「あたしもホームには入りたくないけど、諦めなければならないときは入るわ」

「最近考えていたんだけどね、老人同士の助け合い時代だからさ、夫婦、兄弟、姉妹でなくても、親しい間柄なら同居したらどうかななんて考えたんだ」

「年寄りは衝突しやすいから、どうかしらねえ」

「ただな、どちらかが認知症になったりしたら正常な方は困るだろうなあ」

「そうなったら子供達が力になってくれるんじゃない」

やや深刻になってきた話を中断して、一緒に旅してみようということになった。秩父の桜が見頃のときに、二人だけの札所巡りはどうだろうと言うと結花は賛成した。結花、和子、僕は仲良し三人組のようになっているけど、和子は長く歩くと膝が痛むというのでこのたびは誘わないことにした。


せっかくだから武甲温泉に一泊しようと結花が提案した。早朝、池袋から東上線レッドアロー号で秩父まで行き、札所一番から札所二番、三番と休み休み歩いて遅くならないうちに「武甲の湯」に入ることにした。宿は結花と二人で一室しか予約できなかったが、結花は気にしなかった。

札所一番四萬部《しまぶ》寺《じ》をまず参拝した。開基が平安時代というからじっくり境内を歩いた。すでに老女の結花は思ったより元気に歩く。

「これは元禄時代に建てられたんだってよ」と結花は本堂を見上げた。「地獄之図」「極楽之図」の彫刻を見物し、僕達極楽之図になろうよと言い残して札所二番へ。札所四番で切り上げ宿へ入った。道を歩いていても、宿に入っても、みな老夫婦扱いをしてくれる。二人ともまるで気にしないから、傍目には仲の良い老夫婦だろう。なんとなくくすぐったいような気分にはなる。温泉に入り部屋へ戻ると、結花も宿の浴衣に着替えていた。襟元から覗く胸の膨らみは、紀子よりずっと控えめだ。乳首のありようなどは見なくても分かる。女であって女でない女性という感じになっていて、淋しいことだ。食事の部屋と寝室の二部屋になっていて、温泉に入っている間に布団が密着させて敷いてあった。結花はそれを引き離して食卓に着いた。夫婦であって夫婦でない、夫婦でない夫婦、そういう気分が自然に生まれてきた。幾皿も並んだ料理のどれに箸を付けようか、迷い箸をしながら話しかけた。

「あのな、今朝の新聞で読んだんだけどさ、北朝鮮に拉致されて帰ってきた蓮池薫さんていう人が、夢が持てるっていうのは自由があるからだって言っていた。どう思う」

「言われてみりゃあ、その通りね」

「でもなあ、逆は成り立たないよな」

「定年退職した後は自由だけど夢がなくなるってことね」

結花は相手が言おうとしていることをすぐ分かってしまう。若い頃からそうだった。

「それって、案外深刻な問題じゃないかな。結花さんは今どんな夢があるの？」

「そうねえ、何もなさそう」

「僕はね、百歳まで元気というのが夢じゃなくて目標なんだ」

「あたしはそんなに生きなくていいけど、苦しんで死ぬのはごめん、ごめんよ」

「それってね、病気も怪我もしないっていうことだから、長生きしたいというのと同じなんだよ。外来で診ている高齢患者にときどきそう言うんだけど」

「理屈はそうね」

食後のお茶のみ話になった。

「少し、結花さんを怒らせてやろうかな」

「変なこと言わないでよ」

「学生時代、演劇部に入っていたんだけど、ある俳優さんを招いてお話を聞いたことがあるんだ」

「それで？」

「その俳優さんが言ったんだ。もちろん男だよ。湯上がりの女ってみんな色っぽいんだそうだ。そしてね、今はあまり見かけなくなったけど鏡台の前で小さな腰掛けみたいなのに腰を下ろし髪なんか梳かしている女の姿が一番色っぽいんだそうだ。襟元が少し開いたりしていて」

「だから？」

「分かんないかなあ。今の結花さん、色っぽいっていうこと」

「そういう話は止め、止め。ばからしい」

「色っぽくないなあ」

二人は口を洗って布団に入った。初めのうちは互いに背を向けていたが、気がつくと僕はいつもの通り体の左側を下にして寝ていた。結花もいつもの通りの寝姿なのだろう。


インターネットで入手した郡山の薄皮饅頭を持って結花の家を訪ねた。まず土師、木村二人の位牌に手を合わせてから、茶碗と菓子皿のありかを聞いてテーブルに載せた。

「ご馳走になるわ」

ラップを小さく切ったような包みを開けフォークで切って口に運ぶ。

「僕はね、このさっぱりした餡が好きなんだ。東北新幹線に乗るときは、帰りに必ず買うことにしてるんだけど、田沢湖の温泉に行ったときに買うのを忘れてね、インターネットで取り寄せたんだ」

「美味しいわねえ」

僕は思いきって言った。

「あのな、秩父に行ってからいろいろ考えたんだけど、二人で一緒に暮らさないか。いや、再婚なんていうことじゃないんだ。お互いに見守り合うっていうことなんだ。二人暮らしなら周囲は安心だろうし、僕達だって安心じゃないかな。どうだろう」

結花の顔色を覗った。

「そうねえ。娘と息子に相談してみるわ」

そんなの、嫌よっ、て言われる可能性が高いと思っていたから、いくらか意外な気もして、そしてほっとして言い足した。

「もちろん結婚じゃないから、遺産相続なんてことには関係ないし、嫌になったら元通り別々に暮らせばいいし。そうなったらな、生活費は全部僕が負担してもいいけど、一カ月分の出費を出し合って結花さんに管理してもらうか、月初めに生活費を入れた箱から勝手に使って領収書を入れておいてもいいと思うんだ」

「わかりました。でもね、そうしたらほとんど夫婦よ。秩父に行ったとき、聡さんが襲ってくるなんていう心配は全然感じなかったけど、同居になったらどうなるかしらねえ」

「僕は人畜無害だって学生時代によく言われたもんだけど。もう、七十一歳だよ」

「ホントに人畜無害に見えるけど、あの時、紀子さんを襲ったんでしょ。そしてあたしに、許してください、て言うのかなと思っていたら、だから別れます、でしょ。思い出すとひっぱたきたくなるわ」

「許してくださいって言ったら許してくれたかなあ。図々しいと言われるだけじゃないかと思っていたんだ。お互いに潔癖だったから」

「さあ。許せるときもあるし、許せないときもあるわよ」

「とにかくさ、僕は、月、火、水は仕事だから、仕事のない日に一緒に暮らすのでもいいよ。家は代わる代わるでもいいし、僕の家だけでもいいし。子供達をいらいらさせたくないんで」


僕は光が丘の病院を定年退職し、その病院の嘱託医になっていたが、妻紀子の看病、介護のため退職し、昨年から朝霞にある小さな病院の内科で月曜から水曜まで外来を受け持つようになっていた。木曜日から日曜までのんびり過ごしたあと、月曜から心を引き締めて家を出る。水曜になると、さて、今週はこれでお終いということで気持ちがほぐれる。なにしろ難しい患者は、それを引き受けることができる病院へ診療情報提供書を丁寧に書き添えて送ればよい。ワープロで丁寧に診療経過を書くことにしているから、受け取った病院の担当医からきっちりした返事が来る。それで一件落着、その患者から解放される。光が丘の大きな病院に勤務していた頃は、そのような患者の受け取り側だったから、日々の診療にいつも緊張していたものだ。そして、紀子との離婚話の原因になったのだった。

結花の子供達はみな賛成で、むしろ積極的に応援してくれるという。僕の息子達は、「親父がいいんならそれでいいよ。ただ、今まで通り親父の家に行ってもいいよね、木村さんがいても」と念を押していた。

夫婦ではないといっても傍目には夫婦だから、秋田へ行って結花と一緒に両親、祖先、そして紀子の眠る墓に詣でたい。三吉神社で柏手を打ってから妹に結花を紹介する。そこまで考えると新婚旅行気分が湧いてきて乳頭温泉郷の広々とした露天風呂に結花と一緒に浸かり夜空を見上げたくなった。

乳頭温泉郷は僕にとって思い出深い。秋田高校時代まで年に一度は家族ぐるみで出かけたものだ。露天風呂は混浴だが、暗くなってからなら、母屋から男女別の脱衣所まで浴衣掛けで行き、湯壺に入るとき女達はタオルで前を隠しながら人の居ないところから湯に浸かる。薄暗い照明、湯は濁っているから女体観賞などということにはならない。夜、家族四人、母も妹も一緒に入り、並んで湯壺の縁にもたれ夜空を見上げながら賑やかに話を楽しんだものだ。

結花を誘ってみると一緒に行くという。墓参の後の乳頭温泉での一泊を話すと、小皺を隠せなくなった結花の顔に喜びが浮かんだ。結花も口にはしないが僕と同じように同居生活にけじめを付けたかったのかもしれない。

ＪＲ東日本には「大人の休日倶楽部」という運賃・各種料金が三割引になる会員サービスがあるから、倶楽部への入会金を払い込んでも有利だ。子育て資金や住居獲得資金の積み立てが不要になっている上、年金が入る僕達は年に三、四回のんびり旅したい。早速入会した。

朝から晴れていた。晴れ晴れとした気持ちで秋田へ向かう列車の車窓から見る稲田は青々と逞しく育っている。これが日本なのだ、これからは、少なくとも僕が炊事当番のときは精一杯米食にしよう。秋田産の米にしよう。独り暮らしのときは米一合が丁度二食になっていた。一合は二人で食べるのに丁度の量だ。朝も夕も炊きたてのご飯になる。

高齢になってからの同棲という未知の人生をこれから歩むのだと、心が高揚してくる。

水田が途切れながら続く景色を見ていて思った。若者達のでたらめな化粧、服装はコスプレ遊びの影響だろうが、訳の分からない言葉やヤクザ言葉の氾濫は人生に目標をなくしたからだろう。暇をもてあまし、「閑居して不善をなす」の趣なきにしもあらずかも。そこへ外国人がそれぞれの国の習慣と言葉で踏み込んでくる。東京や大阪など大都市なら差し支えないが、田舎はいわば畳の座敷、そこへ土足で入ってこられては気分が悪い。できるだけ米を食べ田舎を支えていかないと、日本の伝統、日本人の心はいつの日か消えてしまうだろう。思考が飛躍を重ね高ぶってくる。車窓から後ろへ流れる稲田を見ていた。

結花は長年薬科大学の教壇に立ち続けてきた。当然、若者の心が分かっているから若者の味方だろう。若者達に対する批判を口に出せば、激しい反撃を食らうはずだ。「何言ってんの。若い人達をそんなふうに批判していいの？　バスや電車に乗れば若い人達は席を譲ってくれるでしょう。海外でいろいろボランティア活動してるでしょう。ＩＴ関係でも……」床に就くまで説教されるに違いない。くわばら、くわばらだ。列車が揺れたとき手を結花の手に重ねた。結花はその手を払いのけなかった。

肉体の衰えのせいかグリーン車の有り難みを味わいながら結花と二人秋田駅に下りた。妹の家に寄って線香、ローソクをもらい、庭に咲き始めたエゾギクの花を手折って墓へ行くときれいに掃除してくれてあった。子供の頃から妹は家事も掃除もよくやっていた。墓碑に心を込めて手を合わせた。

お茶をというので妹の家に上がり結花を紹介し、仏壇に手を合わせた。夫は丁度出かけていて、子供はそれぞれ独立している。互いに見守るため結花と同居することを説明した。孫が六人にもなってすっかり婆《ばば》さになった妹は、良《え》がったなあ、安心だわなあ、さすがに東京だな、この辺りも老人一人住まいは増えていっけどう、なんぼ年取ってもおなごと男が一緒に住んだら異《え》なこと噂されるものなあ。東京は隣に住んでいる人が誰だかもわかんねって言うではねえか、と言ってくれた。

田舎には一人住まいの老人が増えている。しかし、近所付き合いが濃く互いに毎日訪れ合っているから無理に同居する必要はない。僕が幼かった頃、朝食が終わって一息つくと近所の婆さが祖母のところへやって来たものだ。嫁が漬け物を切って皿に載せ取り箸を添えて卓の上に置いて仕事へ戻る。別の婆さもやって来て賑やかな笑い声があがったものだ。一時間もすると、「あらら、もうこげな時間になったかはあ。そろそろおいとますんべな」と言って帰って行く。別の日には祖母が近所の婆さの所へ出かけていく。婆さ同士の朝茶飲みはほとんど毎日だった。

三吉神社へ詣でた。この神社には江戸時代頃に始まる梵天《ぼんでん》祭がある。一月半ばにこけし人形の胴の部分を長い棒にしたような、長さが三メートルもある梵天、つまり依り代《よしろ》約八十本を八十組の若者達が近郷近在から威勢よく、互いに妨害しながら先陣を争って走り奉納する。三吉霊神は大黒だと言われるが、この依り代は男根を象徴していて、社の神は実は女神だとひそかに囁かれている。だから一番乗りした依り代がその女神と結ばれるというのだ。多分、冬の夜長で男達が囲炉裏を囲んでの酒盛りなどのときに誰言うとなく作られた話だろうが、三吉神社は縁結びの神でもある。

乳頭温泉郷の蟹場温泉で混浴露天風呂に浸かりながら結花と夜空を仰いだ。以前、加賀谷和子も含め三人で入った鶴の湯の露天風呂と異なり湯の濁りは薄い。昼に入れば結花の裸体が透けて見えてしまう。子供三人を産んだ裸体には目を背けるだろうが、夜は湯の中の体は見えない。湯壺の縁に結花と並んで頭を乗せ夜空を仰ぐと無数の星がまたたいている。紀子が思い出された。それはもう前世のことと割り切って、今は結花との現世だが、紀子に対して結花との入浴は後ろめたい。

腕を触れあうようにして湯に浸かっている結花も無言で夜空を見上げている。何を思っているのだろう。初めの夫土師のことだろうか、再婚した木村のことだろうか、土師との息子と木村との娘合わせて三人、父親の違う子育ての苦労だろうか。それとも能登半島七尾で学び遊んだ少女時代の日々だろうか。これから二人の新しい生活に慣れてくれれば、衝突することはしばしばだろう。

風呂から上がって二人とも浴衣を着て向かい合いじっと顔を見詰め合った。婚約していた頃以来初めて正面から視線を合わせ、まじまじと見る結花の顔、瞳だ。一緒に老後を生きる喜びの心が通じている。ビールを注ぎ合い乾杯してあぐらをかくと、結花はまた僕の顔を見詰めた。僕の気持ちを探っている感じだ。今は夏だけれど膳に冬の料理キリタンポ鍋が載っている。これという話題はないが満ち足りた夕餉になった。男一人と女一人が親しい関係にあるということの幸せを思った。僕と結花は新しい時代の高齢男女関係だ。

「僕は幸せです」ぽつりと言った。

「あたしも」

食事が終わって男女別の屋内温泉に入り温まって、少し離して敷かれた布団に入った。

帰途も秋田から東北新幹線にした。車窓は航空機並みに小さいからもう外の景色を見ようとはしなかった。

「結花さん、東海道本線をSLで大阪方面まで行ったことある？　当時はSLなんて言わないで汽車って呼んでいたけど」

「それがね、あるのよ。小さかったからはっきりした記憶は無いけど長いトンネルがあって、ボーッ、ていう汽笛で皆が一斉に窓を閉めてたの」

「そう、そう。僕はもう十歳に近かったから覚えているんだ。窓ガラスの両側下の隅に摘まみがあって、それを摘まんで窓を下げるんだ。開けたままになんかしておいたら煙と小さな石炭クズが一瞬に入ってきて大変なことになるんだ。目に炭屑が入るといつまでもゴロゴロして取れないんだ。窓を全部閉めても用便のため客室に出入りするドアが開くとやっぱり煙が入ってくるんだ。トンネルの中を走っているときぐらい便所に行くの我慢しろよ、て言いたくなったもんだ」

「そう、そう、便所ね。昭和三十年代はまだ、便所、お手洗い、が主流派だったわね」

「ご婦人はご不浄って言ってたよ」

「近頃ご不浄は、言わないわよねえ。お手洗いはまだ使われているけど」

「便壺の下は何もないから線路が見えていた。覚えてる？　それで便が線路脇に飛び散るから黄害だなんて新聞に書かれたり」

「そうお。それは知らなかった」

「汽車から降りて鼻をかむと真っ黒だったよ。でね、この旅一人で来ようかなって初めは考えていたんだけど、結花さんと一緒に来てよかった。ホントに良かった」

「聡さんの考えていること分かるわ。あたしとの新しい出発でしょ」

「その通りなんだ。結花はどうして人の心が読めるんだ。でね、結花と現世の出発をするんだけど、その記念日は三吉神社にお参りした日にしたいんだ。どうお」

「あら、呼び捨てにしてくれたのね」

「悪かった？」

「いいわよ。で、現世って何よ」

「紀子が死んだところまでが前世。結花と新しい出発からが現世。はっきり線を引くことにしているんだ」

「そう言われるとあたしの場合、二人目の夫木村が死んで、木村の家を娘に相続させたところまでが前世ということになるのかなあ。初めの夫が死んだときにも境があるのよね。

そういう線を引きにくいわ」

「運が悪かったんだよ。とにかく結花との生活はお互いに新しい人生なんだ。これから二十年、できれば三十年、楽しく助け合っていこうよ、な」

結花は余計なことを付け加えた。

「そうね。もう裏切られる心配はないものね」


夕方、家に帰り着いて、新居のつもりで階下の部屋をきれいに掃除した。翌日、結花は運送屋を頼んで自分の布団のほか、茶碗を始め自分専用の物を運び込んできた。僕が結花の家に泊まるときは結花の家の布団、食器を使わせてもらうことにした。和室は階下の一室しかない。ベッドは場所を取るから、息子の勉強部屋だった二階の部屋にしかない。結花はその息子の部屋にあるベッドに寝ると言ったが、階段の上り下りで怪我されてはたまらない。何とか説得して和室に一緒に寝ることにした。何か下心があるわけではなく、骨折して入院したあと寝たきりになった老人をたくさん見てきたので正直に不安なのだ。ガンも怖いが、寝たきりも恐ろしいと説得したのだった。食事作りは交代制。話し合うと言うほどのこともなく事務的に決まった。

結花の荷物を片付け終わったところで、洋室のテーブルを挟んで向かい合い立って挨拶した。

「よろしくお願いします」

「聡さん、よろしくお願いします」

僕はこの茶番劇じみた挨拶に満足した。

結花の髪の梳かしつけは不十分で、すっかり着古したTシャツにセーター姿だ。家の中でもきちっとした身だしなみの紀子を思い出してしまう。だが紀子とのことは前世のことだと自分に言い聞かせた。

翌朝早く起きて雨戸を開け部屋に風を入れ、布団を押し入れにしまい洗顔などを済ませてから、朝食を作っている結花に「おはよう」と声を掛けた。結花も振り向いて「おはよう」と返してくれた。

朝食はご飯と味噌汁、おかずが二品。「いただきます」と声を合わせ箸をとるとなにかしら新婚気分だ。

「温泉も、あきた芸術村でのミュージカルも楽しかったわあ。これ、田沢湖で買った秋田いぶり大根漬チーズっていうの。お茶で一緒に食べてみない。説明読んだら、たくあんの燻製が燻りがっこっていうんだって。それをチーズで包んだっていうから、まあゲテモノとしか言えないわよね。お茶淹れてくれない。あたし、これを切るから」

「燻りがっこは、秋田に昔からあって僕もよく食べていたんだ。がっこは雅香と書くんだ。それにしても、チーズかあ、凄いなあ」

電気ポットのスイッチを入れ、急須、茶碗、茶筒を食器棚から出した。結花や和子のときは割り箸を使わない。箸入れに入っている均一な塗り箸を四本取り出してテーブルに置いた。

「いろんな物考え出すなあ」

「まあまあ、食べられるわね」

「饅頭にマヨネーズかけたようなもんだけど、たしかに食べられる。僕ね、熊本の古代米を取り寄せたんだ。近いうち一緒に食べてみようよ。弥生文化は九州だろ。それで熊本産にしたんだ」

結花はまっすぐ僕の顔を見て話す。大学教師時代の習慣だろう。顔を軽く傾け覗き見るような、女ですよという視線でないからすっきりして見える。たしかに老女にはなっているが、昔の面影はしっかり残っている。歯はきれいだから自前の歯に入れ歯を被せているのかもしれない。総入れ歯ではなさそうだ。僕の方も同じようなものだ。

「今年になってから料理教室の会は一回しか開かれていないけど、そろそろみんな飽きてきたのね」と言って、結花はカリカリと燻りがっこを噛んだ。

「今年は、娘や息子の家に行ってしまうメンバーが出てくるんじゃないか」
「そうねえ。仕方ないわねえ」

僕が夕食当番のときはレシピを見ながらになる。同棲の最初はなんとなくぎくしゃくしていたが、だんだん慣れていった。慣れてくるとからかってみたくなった。河東碧梧桐の「行水を捨てて湖水のささ濁り」という句を思い出したので、結花が入浴の時、浴室の外から「女の入浴姿って、色っぽいだろうなあ」と言ったのだ。「覗いたらね、お湯ぶっかけるから、後始末は自分でしなさい」と怒鳴られた。すきっとしたところにあらためて魅力を感じた。行水は男だって使うが、碧梧桐の句はどう見ても女、しかもふっくらとした乳房のある女の行水だ。

翌朝の食事当番は僕だった。卵焼きと、コンソメスープの素でウインナーとタマネギを入れたスープ、ほうれんそうのお浸し、炊きたてのご飯、そしてオレンジジュースと牛乳という和洋折衷だ。

窓ガラスから朝日が差し込み、二人とも清々しい顔で朝食を口に運んだ。

「結花。近頃思うんだけど、紀子が死ぬ間際、夢うつつのときに、好き、って言ってくれたのは、結花さんに対する意地からだったんじゃないかなってね。好きと言いかけたその後の言葉は聞き取れなかったけど。結花から僕を奪ったんだから、何が何でも死ぬまで僕に尽くしてみせるっていう意地のような」

「それはおかしいわ。紀子さんが誰を好きになろうと、それは紀子さんの自由よ。あたしを裏切ったのは聡さんよ。だからあたし、聡さんを恨んだけど、紀子さんを恨んでなんかいないわ。ただね、紀子さんが寝た布団に寝る気はしないけど」

二人はあり余る時間で絵手紙描きを練習したり、別々の部屋で本を読んだり、好天に誘われて公園を二人で、ときには一人で散歩したり、夕方居酒屋で雑談したり、結花といると退屈とは無縁だ。特に結花の専門だった治療薬の話になると時間が経つのを忘れる。結花が薬の化学構造を口にしても、大学院で分子生物学を学んだ僕はそれを理解できるのだ。僕が興味を持っているのは例えばＡＲＢ系の血圧降下剤だ。この降圧剤は腎臓保護作用があるということで、腎臓機能の軽度低下患者によく処方される。だが、血圧が低めの患者でも腎臓保護のために処方して良いのかどうか。それと、僕には専門外だけれど、最近気になるのは認知症の治療薬だ。症状の進行を遅らせるというが、すべての患者で有効なのか、どの程度進行を遅らせるのかが気になる。

初めは僕の家に二日、結花の家に二日泊まるという約束だったが、僕の家に泊まる日が増え、どちらに泊まるかはその日の成り行きになっていった。結花はときとして自分の家に帰ったままなかなか来ないことがある。何か気になることを僕は言ったのかなあと思っていると、掃除してきたとか、虫干ししてきたとか言って戻ってくる。

結花のしなびた体を抱いてみたくなった。ある夜、さも眠っているふりをして手を伸ばし、結花の布団に入れた。結花の手があった。そっと掴んだ。結花は眠っていて気がつかないのか、分かっていてそしらぬ振りをしているのか。僕はさっと結花の布団に入り間髪を容れず結花を抱きしめた。結花は僕の首に手を回してきた。

翌朝、互いに気恥ずかしそうに「おはよう」と挨拶し、朝食が済んでお茶を飲んでいると結花が言った。

「聡さん、夕べあたしを襲ったわね」

よく言うものだ、拒否しなかったくせにと思いながらそしらぬ振りをした。多分照れ隠しの言葉だろう。

「あのね、聡さん。聞いてる？　男はね、女を襲うものなの。ホントに好きな男なら女は受け入れるのよ。お分かり？」

はっ、とした。若いときに婚約を破棄したことがあったのに、好いてくれている。「さあねえ」と言って心の内を隠した。

「明るいところで裸を見られるのは恥ずかしいから、お風呂覗くのはダメよ」

「恥ずかしいかなあ」

「急に図々しくなったわね」

結花と婚約を一方的に破談にしてから約四十年経ってついに夫婦の契りのようなことをした。不思議なことに、僕の人生に悔い無しという満足感がほのかに湧いていた。

僕は患者一筋に前世を生きたが、結花は若い学生相手の教育と研究と子育てが人生だった。これからの人生は少なくても二十年、結花にしごかれながら僕の心は思ってもいなかった広がりを持つことになるだろう。丁々発止と角突き合いながら、助け合い、励まし合っていきたいものだが、いつも言い負かされるに違いない。女はとにかく口喧嘩が強い。

僕にはもともと女性コンプレックスがあるらしい。死んだ妻の紀子と結花との交際の始まりを比べるなら紀子との交際が早かった。交際目的で女性に声をかけたことのなかった僕が、いつも地下鉄で乗り合わせる美しい女、つまり紀子に初めて声を掛けたときの心臓が飛び出しそうな思いは今思い出すとおかしくなる。しかし、研究に没頭して一年近く交際を中断してから会いに行くと、放り出したことへの意趣返しに、「あたし結婚しますので」と言われすごすご引き下がったのだったが、実は心にもないことだったと後に分かった。その頃僕はまだ紀子と結婚しようという気持ちにはなっていなかった。たった一人しかいなかった女友達を失った淋しさからだろうか、隣の研究室にいた結花とのプライベートの交際が頻繁になり、そして好きになったのだった。だから初恋の女は結花ではあるのだが、この歳になってもやはり女性コンプレックスからは抜けきっていない。学術論議なら誰にも負けない自信はあるが、日々の雑談では結花に言い負かされっぱなしだ。しごかれっぱなしにはなるだろうが、若い頃に抱いた恋心を大切にしたい。

まだまだ男性機能が衰えていないことも実感し、一、二カ月に一回愛の臥し所を楽しむようになった。その翌朝は二人とも何となく恥ずかしいような気分で互いに視線を逸らす。結花もまだまだ女性なのだ。たまに交わっていれば互いに当分呆けることはないだろう。

この歳になって結花と肌を温め合うなんて、それがたまさかのことであっても十年、二十年前の世の中だったら汚《けが》らわしいと言われただろう。しかし、高齢者人口が三千万人、七十歳以上人口も二千万人になった昨今、高齢男女はまだまだ活発な昼と夜の生活を楽しんでいるのだ。僕も光が丘の病院に勤務していたとき七十歳を超えた何人かの患者の希望に添ってバイアグラを処方していた。夜の男性機能を高めるこの薬は心臓病がなくて日頃活発に体を動かしている男達にだけ処方する薬だが、服薬なしで老妻との夜の生活を堪能している男達は多いらしい。そのような高齢者達を年甲斐もないエロ爺というのなら、性の深奥も知らず、相手構わず交わる若者こそ淫《みだ》らな青二才だ。それでいてバイアグラを一番多く服用しているのは三十歳台だという。原因は近くでの買い物にも自動車、遊びはスマートフォンとにらめっこと、動かないから肉体がまるで鍛えられていないことだ。肥満で糖尿病を発病すればやっぱりその方のことはダメになる。この薬を止めジョギング、水泳などを日課にしてスリムになればよいのにだ。

スコッチウイスキー、オールドパーは農夫オールド・トム・パーに由来するという。パーは八十歳で結婚し、一男一女を儲けいずれも幼くして死ぬと、百五歳のときにキャサリンという女に不義の子を産ませたという。教会で懺悔させられたというおまけつきだから、見習いたいものだ。パーに比べれば僕なんかまだまだ若すぎる。

結花と交わった翌朝などは、こんな具合に僕は昨今の青壮年を見下している。

とにかく世の中は変わったのだ。僕が専門の高血圧領域でも、十五年前までの研究は六十歳以上の人々を研究対象から除外していた。六十五歳の被験者が混じっていると、申し訳なさそうに弁解する研究者がいたものだ。今は七十歳台に対する降圧薬の治験が活発になっている。これからは八十歳、九十歳台の高血圧患者が研究対象になるはずだ。以前はあり得なかった九十歳の癌手術も行われている。すでに寿命百歳時代に入って体力も比べられないほど向上しているのだ。

ラジオ体操の会

水曜の昼休み、三日間会わなかった結花の顔を見るのがいくらか待ち遠しい気分になってきた。

食材費は、月初めそれぞれの家に一カ月分として一万円ずつ、二人合わせて二万円ずつを箱に入れ、自由に使って領収書を入れておく。二人とも無駄遣いしないし倹約好きだから、今のところ使い方で揉めることは一度もない。合わせて月四万円が共同の食材、その他の雑費用だ。初めのうちは洗濯、掃除、炊事などの当番を決めていたが、最近は手が空いていれば自分の担当でない仕事もやってしまう。家の中はいつも綺麗だし、汚れた洗濯物が溜まることもない。子供のいない新婚家庭そのものだ。僕が結花に対していくらか優越感を持っているのは、風呂場の清掃が徹底していることだ。いっぽう結花はなんといっても僕より料理のレパートリーが多く、手早い上に美味しい。朝餉の準備は代わる代わるということにしていたから日替わり朝食になっている。互いに貸し借りのない生活、角突き合うようなことが出ればいつでも別れられる生活は気楽だし、かえって互いに気遣うことが多い気がする。僕が朝霞の病院で診療している日は、結花は自宅で物書きなどをしているらしい。

近頃、高齢者の生き方、定年退職後の生き方という記事や単行本を目にする。こういう本が氾濫していても、閉じこもりや自殺者が減っているようには見えない。できるだけいろいろの会に出席しなさいとか、趣味を持ちなさいなどなど、いちいちもっともだが読ませたい人は読まず、読む人にとっては分かりきったことばかりだ。

僕だって孤独で寂しがっている高齢患者に、趣味を持つといいよ、一鉢百円の鉢植えを育てるの楽しいよ、いろいろの集まりには出かけてみんなの話を聞いてみたら、買わなくていいから店の売り子さんに声をかけてごらん、などと言っても、聞かせたい相手はたいていはまったく関心を示さない。

最近診た患者は、「おれ、女房が死んで、何がどこにあるか、おれの下着がどこにあるかも分からなかった、全部女房がやっていてくれたからな」と言うので、「奥さんが亡くなられて一カ月も経っているから、家中の箪笥、引き出しを開けてみたんでしょう」と訊いたら、「おれ、そういうのダメなんだ」と言って、手を付けなかったらしい。会社の元課長さんは七十歳にまだ間があるのに、会社では事務机や棚の引き出しは開け閉めしただろうに、家の中の引き出しは開けようとしない。結局鬱《うつ》になってしまった。いずれ認知症と診断され、施設に収容されることになるだろう。どのようにしてこういう人達を救い出せばよいのだろう。本などを読むはずもない人達だ。誰かが楽しく親身に世話すれば、つまり奥さん役をすれば救われるかもしれないが。

朝霞の病院の外来を担当するようになって分かったことは、知らない、できないと自分で勝手に信じ込んでいる男の老人が多いことだ。亭主関白だったか、女房に寄生していたかで、独りでは生きられない障害者もどきになっているように僕には見える。これはもしかしたら夫に家事をさせなかった妻の責任かもしれないと思ってしまう。テレビで見た男のための料理教室で、大根を包丁で切るその手つきのなんと危なっかしいことか。子供の頃からリンゴの皮剝きさえしたことがなかったのだろう。家庭教育にも責任があるかもしれない。小学校や中学校の家庭科授業で、衣食住などに関する実践的・体験的な学習活動をさせるのだそうだが、数回の実践的授業で身につくのは知識だけのはず。テレビであまりに不器用な手つきを見ているといらいらしてくるが、そういう料理教室に参加するだけたいしたものだと思ったりもする。

紀子が死んだとき、下着のある引き出しを知らなかったし、預金通帳のありかも知らなかった僕だって、今は結花と家事を分け合っている。僕の年齢なら、いささか自慢してもよいのかもしれないなどと言おうものなら結花に張り倒されるかもしれない。

加賀谷和子が右膝を人工関節にした。

友達の多い和子のベッドサイドは賑やかだった。和子の妹と弟も来ていたが、日頃の友達がつぎつぎとやって来る。結花も僕もこれといって手伝うこともないので、間もなく一緒に病室を出た。和子は一カ月で退院してきた。

インターネットで入手した郡山の薄皮饅頭を持って、和子と一緒に結花の家に出かけた。家に上がって土師、木村二人の位牌に手を合わせた。木村の生前なら、土師の写真を並べるのは気が引けたかもしれないが、二人ともいない今は並べることがまったく自然に見えた。土師との子供達は木村をお父さんと呼んでいたのだろうか。木村との子もできて、三人になった子供の扱いに苦労があっただろう。子供達がみな立派に育ったらしいから、木村という男は円満な人だったろう。

僕が茶簞笥から茶碗と菓子皿を取り出すと、結花は茶を淹れてくれた。三人は「おいしい」と口を揃えた。

分譲マンションの三階、ベランダに出ると光が丘団地の高層ビルが間近に見える。ケヤキ並木の幅広い通りがあって、まるでニューヨークの大通り界隈を見るようだ。

この辺りはもともと広大な農地だったらしい。終戦二年前のことだそうだが、陸軍が首都防衛のため、この辺りに飛行場の建設を急いだのだそうだ。練馬大根などで知られた静かな農村から農家が追い払われ成増飛行場と名前を変え、そして東京大空襲で丸焼けになった。戦争が終わると進駐米軍の家族宿舎建設のため召し上げられグラントハイツになった。

僕は昭和二十一年生まれだから戦前のことは知らないが、御茶ノ水にある医科大学から大学院に進んで学生寮から退去したとき、光が丘に近い板橋区徳丸のアパートに移った。大久保にある循環器病院で二年間の研修を終えてから光が丘の病院に勤務して、この光が丘に転居してきた。それから四十年、まさか別れた初恋の結花と同棲するなんて想像もしていなかった。

前日から僕の家に結花が来ている。朝食の後片付けが終わって、コーヒーミルでガリガリ豆を挽きながら「コーヒーを飲もうよ、結花の顔を見ながら飲めばうまいんだ」と世辞を付け足すと、「そういうおだて方いつから覚えたの。いやらしい」とつっかかってきた。子供の頃、男の子との口喧嘩にも負けないお転婆娘だったろう。お嬢様育ちだったらしい紀子なら、「うれしい」と素直に調子を合わせてくれただろう。

結花は食器棚から清水焼のコーヒー茶碗セット二客を出した。僕はミルから粉をドリッパーに入れ湯を注ぎながら尋ねた。

「あのな、この間会ったばかりだけど、本当のところ和子さんはどんな具合だ」

コーヒーの香りが部屋に広がった。

「どんな、って？」

「人工関節になってさ」

「元気よ。家にじっとしていられない質《たち》だから、転んだりしなければいいんだけど」

「夕食に呼んでこいよ。彼女は何が好きかなあ。僕が調理してやる」

「やっぱりすき焼きじゃない。声かけてみるけど、聡さん、人前ではあたしを呼び捨てにしないでよ。夫婦に間違われるから。それからね、あなたは見かけによらず女たらしだから言っておくけど、和子さんにでれでれしないでね」

「分かってるよ。そんなことするはずないじゃないか。女たらしなんかじゃないぞ、失礼な」

「女が好きって顔に書いてあるわよ。七十近いあたしを襲ったり」

「結花こそ人前で僕を、あなたって呼ぶなよ」

その時、玄関の方から声がした。

「聡さん、いるう」和子の太いハスキー声だ。

「噂をすればだね」と僕が玄関に出た。紀子の死以来、僕の家は和子にとっても自分の家同然になっていた。そろそろ六十九歳のはずだ。

「結花さんもいるんでしょ」と言いながら、転ばないようにと差し出した僕の手をよけて部屋に入り、テーブルの上の茶碗二つを見ると、「もう、コーヒー。早いわねえ」と言いながら椅子に腰を下ろし、さっそく冷やかした。

「朝っぱらから二人でコーヒー？　夫婦みたい。妬《や》けるう」

結花はコーヒー茶碗をもう一客出してコーヒーを淹れながら尋ねた。

「朝ご飯は食べたんでしょ。まだなら何か作るけど」

「食べたわよう、こんな時間だもの。あのねえ、ちょっと聞いてほしいことがあるのよね」

結花が身を乗り出した。

「あたし、膝がなんとか使えるようになったからラジオ体操の会始めたのよ」

僕は思わず言った。

「なんだって。術後一カ月でえっ。いくらなんでもそりゃ無茶だよ」

「ちょっと、ちょっと。最後まで聞いてよ。もちろん人工関節の膝は使わないようにしてるわよ。それでね、早朝体操の常連であたし達と同じぐらいの年配の男がいきなり怒鳴ったんだわよ。お前、なんで下半身を動かさない。そんなチャランポランで号令掛ける奴いるか、引っ込んでろ、だって。あたしの膝が人工関節だってこと、はっきり断ってあるのによ」

僕は怒りがこみ上げた。

「ひどい男がいるもんだなあ。どういう男だ」

結花が僕をたしなめた。

「すぐむきになる。落ち着いて和子さんの話聞きましょうよ」

「医者はね、パッ、と判断しなきゃならんこともあるんだ」

「怒鳴った男、そんな救急患者じゃないでしょ」

女は男をやり込めるのが好きらしい。

「聡さんは義侠の人なのよ」と和子は僕を取りなして、「でね、以前は真面目そうで腰が低かったんだわ。人柄が変わった気がするんだわ、なんとなくだけど」

「男の人って見かけによらないことがあるのよ」

結花はまた男をけなすようなことを言って僕をちらりと見た。からかっているのだ。

「とにかくね、そのときは早川みどりさん、ほら、料理教室の会で歌を指導してくれた人、あの人があたしの前に立ってね、何言ってるの、このラジオ体操の会は加賀谷さんが始めたのよ。嫌なら来なければいいじゃない。加賀谷さんは膝の手術しても頑張って来てくれているのに、って言ってくれたんだわ」

「さすがに早川さんだな」と僕が感心すると、「そしたらね、蓮見玲子さんていう人がいるんだけど、まだ若い人だけど、四十歳くらいかな、その人が早川さんと並んであたしの前に立ってくれたの。その男、三木っていうんだけど襲ってくるのに備えてくれたのね」

「病院でもいろんな患者がいたよなあ。僕が循環器内科に勤め始めた頃、和子さんはもう病棟婦長だったから医者の僕よりずっと嫌な思いをすることが多かったんじゃないか」

「そういうこと沢山あったけど。でも、それはお仕事でのこと。ラジオ体操は趣味の会だよね」

結花が尋ねた。

「その男の人、何やってた人？」

「それがねえ、呆れるんだわ。厚労省だか文科省だかのお偉いさんらしいんだわ。もちろん元お偉いさんね」

「聡さん、あなたがそこにいたら怒鳴りつけたんじゃない。聡さんてね、単純バカなところがあるのよ」

「僕にあたるなよ。結花さん、何か嫌なことがあったのか？」

和子が結花に調子を合わせた。

「そうねえ、聡さんは単純ていうよりムキになっちゃうんだわ、患者さんの病気に対してだけど」

「僕の前で、僕の人物評止めろよ」

「褒めてんのよ。紀子さんを看病している聡さんて、見ていて涙が出るほどだったわよ。ホントに。長く寝たきりの患者さんがいる部屋って、口臭や体臭で独特の嫌な臭いがするんだけど、結花さんはご主人を看病したから分かるよね。紀子さんが寝たきりになった部屋、芳香剤も使ってないらしいのに、いつも清々しかったんだわ。下の始末だってあったのに、どうしたらあんなに清潔になるのか不思議だったわ」

「そうだったの。じゃ、聡さん。あたしが寝たきりになったら看病してね。予約しておくわ」

僕は、ムッ、とした。

「この話、止めよう、もう。どうして女って男をいじめるのが好きなのかなあ。近頃は女尊男卑、女は怖い、ホントに」

僕は妻紀子が死ぬときの一年間が思い出され、助けてやれなかった悔しさがこみ上げてきた。

「これ以上いじめられるの嫌だから、なんか美味い物を持ってくる」

台所に立っていって、紀子が膵臓ガンで死んで三年が経つというのに、それは前世のことと割り切ったはずなのに、目を拭った。なんとか心を落ち着け、買い置いてあったシュークリームを冷蔵庫から取り出していると、和子が空になったコーヒー茶碗を持って来て洗いながら耳元で「思い出させてごめんね」と言った。部屋へ戻ると結花が緑茶の準備をしていた。

その夜、結花の方から僕の布団に入ってきて手を軽く握ってくれた。その手を握りながら僕は眠った。

ラジオを聞きながら結花とテーブルを挟んだ朝食は、独りで食べるよりも楽しい。僕は北朝鮮のことが気になっている。

「北朝鮮とアメリカの戦争が始まると思うか」

「起きないと思うわ、あたし」

「僕もそう思うんだ。今朝の味噌汁美味いねえ」

「聡さんの味噌汁づくりも、上手になったわよ」

「そうか。嬉しいな。褒められることほとんどないからな」

食べ終わると二人で後片付けを済ませてからオレンジの皮を剥きお茶をすすった。そう言えば紀子が健在の時、僕は料理を作ったことがなかった。女は和子のように関節を痛めやすいものだが、今のところ結花の足腰に支障はないらしい。結花が言った。

「この間の和子さんの話、三木さんていう男の人、あたしねえ、おかしいと思うのよ」

「おかしいって？」

「本省のお偉いさんでしょ、ラジオ体操の会で怒鳴ったりすると思う？　気に入らなければ黙って来なくなるはずよ」

「なるほど。言われてみると普通じゃないなあ」

「三木って言う人、何歳くらいかしら。お偉いさんてさ、天下り先がないと燃え尽き症候群を起こしやすいんじゃない。そんな気がするんだけど。大学教授には、たまにだけどそういう人がいるのよね」

「そうかもしれないな。僕は精神科じゃないから分かんないけど」

「聡さんは絶対に鬱にはならないわね。ずいぶん能天気だもんね」

「また冷やかしかよ。僕をいじめるのが結花の趣味みたいだな。ま、いいさ、僕を好いていてくれるんだから」

「うぬぼれないでよ」

「よし、今夜はお返しに徹底的にいじめ返してやる」

「聡さんて、意外とエッチね」

そう言う結花が夜の営みで意外に若いことを思い浮かべた。

「燃え尽き症候群ってどんな症状だっけかな。僕達、当分燃え尽きそうにないから分かんないなあ」

「調べてみたんだけど、体がだるい、夜眠れないとか、食欲がないとか、気力もないとかって書いてあってね。夜眠れなければ朝いらいらするわよね。だから三木さん、いらいらしながらラジオ体操に出てくるのかもしれないわよ」

「さすがに准教授先生は鋭いなあ。一度会ってみるか、その男に」

「聡さんはそうやってすぐ患者を引き受けようとするんだから。和子さんが言っていた通り、病気のことになると他のことは何も見えなくなるのね、あなたって」

「そうならなきゃ、病気は治せないよ」

「どうかしら」

やっぱり口喧嘩が強そうだ。

「明日の朝、ラジオ体操に出かけて、男同士として雑談をしかけてみるか」

「和子さんに怒鳴りつけたんだから、もう来ないんじゃない」

「来る。燃え尽き症候群なら来る。やることないから、せめて自分の健康に気を遣わなきゃって来るんだよ。鬱が進むと家に閉じこもりがちになるだろうけど」

「そういうもんなの」

「いやあ、分かんないけど」

僕の予想が的中して、三木という男は六時半から始まるラジオ体操の会に来ていた。体操が始まる前、僕が自己紹介すると、僕を下に見る目で、「わたしは三木慎一だ」と返してきた。大学教授は頰を緩めてにこやかではあるけど笑っていない目で若い医師や学生に対応していたものだが、高級官僚にはそのような演技は無用なのかもしれない。僕には最初の一言で相手を理解しようとする習慣があるようだ。

「僕は二年前からこの会にときどき出ているんだけど、三木さんはいつから？」

「二、三カ月前くらいだ」

「そう。冬は降参だけど、暑い季節はいいですね。軽く汗ばむとすきっとしますなあ」

三木は調子を合わせてこない。体操が終わってからも近くにあったベンチに誘って雑談をしかけた。三木は自分が先に質問に答えるのは沽券に関わるらしく、聞き返してきた。

「お宅は今仕事してるの」

「いやあ、週の半分だけ診療の真似ごとをね。三木さんは？」

「文科省を辞めたんだ。一年前にな」

「まだ一年ですか。本省のお偉い方々はいろいろ引く手があるんじゃないですか」

「あるにはある」

「僕は、もう、これからは好き勝手に生きたいと思ってるんですよ」

三木は、「じゃ」と言って、さも、これから大切な約束があるのでという雰囲気で去った。暇人と思われるのが気に入らないのかもしれないし、本当に忙しいのかもしれない。


結花は家にいて今朝のラジオ体操に来なかった。

「和子さん。これから家《うち》に来ないか。結花さんがいるはずだよ」

「行こうか。でもさ、結花さん、しょっちゅう聡さんとこにいるんだねえ」

「そうだよ。お互いに孤独死にならないように見守ってるんだ。独居老人だと子供達が心配するんで、申し合わせたんだ」

「そうだったんだ。あたしが入院している間にうまいことやり始めたんだ」

「僕は孤独死でもいいって思うんだけどな、結花さんは子供達に見守られて死にたいんだそうだ」

「あたし、ずっと独り住まいでやってきたんだけど、孤独死なんて考えたことがなかったわあ」

「和子さんも来いよ」

玄関に入ると結花が出てきた。

「和子さんも朝ご飯まだでしょ」

「はーい、まだなんだわ」

「今朝の炊事当番はあたしでね、パンだけど一緒に食べない？　萩本流は茹で卵なんだけど、あたしが作るときは卵焼き」

「朝はねえ、コーヒーより紅茶がいいんだわ、あたしは」

和子は食器棚から探すということもなくさっと紅茶セットを取り出した。

「ところで三木さんのことだけど」と僕が言いかけると、和子が待っていたかのように言った。

「あの人、穏やかそうに見えるときと、そうでないようなときとあるんだわね」

「やっぱりそうか。和子さんは何を考える？」

「あたし、主に循環器内科にいたからすぐ循環器関係を考えてしまうんだわ」

結花が口を挟んだ。

「どういうこと？　あたしに分かるように説明してよ」

和子が僕の顔を見たので、僕が答えた。

「あのな、脳血管性認知症ってのがあるんだ」

和子が意気込んだ。

「やっぱり聡さんもあたしと同じことを考えてたんだ」

「脳血管性認知症ってのは脳梗塞とか脳内出血で起きる認知症のことなんだ」

和子は箸を置き、「ああ、美味しかった。ごちそうさま」と言いながら後片付けを始めた。

「和子さんは足が悪いんだから動かない方がいいわよ」と結花が気遣った。

「そんなに心配してくれなくたって大丈夫よ。それでね、血管性だけど、まだらボケっていう症状が出やすいんだわ。そうでしょ、聡さん」

「まだら？　うまいこと言うね」

「ボーっとして何も出来なかったり、抑うつ状態になったりさ。突然攻撃的になったり、まるっきり正常だったりさ。あたしら看護師が困るのはそういう感情失禁なんだわ」

「感情失禁？」結花は怪訝な顔をした。

「そう。感情がコントロール出来なくなるんだわ」

僕は和子の知識の多さに感心した。

「さすがに副総師長まで勤め上げた人ともなるといろいろ経験してるな」

「それがね、専門知識や計算能力なんかは維持されているんだわね。自尊心は人並み以上だし、自分では認知症だと思っていないし、扱いにくいんだわ」

「ほかの認知症でも似た症状を起こすことがあるからなあ。今度会ったとき、喫煙、飲酒や、健康診断を受けているかどうか聞き出してみよう」

「聡さん、三木さんを抱え込む気？　精神科でないくせに、すぐ前のめりになるのね。和子さん。聡さんこそ少し変よね。なんとなくその血管性ってのに似ていない？」

「この人は天然なんだわ、そういうの」

「僕はね、精神科や脳外科を学んだことはないけど、もし脳血管性認知症の始まりだったらなんとかしてやりたいんだなあ、禁煙させるとか。燃え尽き症候群って、感情失禁が出るかどうか、和子さん知ってる？」

「そんなことを私風情の看護師に大先生が訊くの？」

「これから勉強してみるけど、彼を酒に誘ってみようかなあ」

「そのときはあたしも誘ってよね」

「ああ、いいよ。和子さんがいると助かるかもしれないな。もしだよ、喫煙とか、飲酒習慣とか、高血圧や糖尿病があったりすれば血管性認知症かもしれないな。そうなら、生活習慣の改善や基本疾患の治療をチェックして、進行を防ぐ手立てを考えてやらなきゃ」

「聡さんて、専門医なのか、赤ひげ医者なのか、分からない人ねえ」

結花は呆れ顔で言った。「でもさ、虫の居所だけなのかもしれないわよ」

「聡さんは町のお医者さんに見えるんだけどさ、循環器病の知識と技術、経験は凄いんだよ。心臓カテーテルなんかすいすいでさ、研修医に尊敬されていたんだわ」

「結花さんの言う通り、虫の居所かもしれないな。話は変わるけど、和子さん、ラジオ体操のあと写生の会でもやったらどうかな。いろいろやっているうちに、他の人達についても何か分かってくるかもしれないからな。特に気になるのは肥満体の人なんだ」

「いいんじゃない。じゃね、ラジオ体操の後、そうだねえ、十時頃集まってさ、公園の中で写生会やろうよ」

「そしたら、あたしも参加するわよ」と結花が身を乗り出した。

和子が帰っていったあと結花が言った。

「パーティーダンスやったことある?」

「いや、ないんだ。大学院を卒業したときやってみたかったんだけど、教習所やダンスホールに払う金がなかっただけじゃなくて、研修がむやみに忙しかったから練習できなかったんだ」

「あの頃毎日、徹夜だったものね。実はね、あたし少し踊れるのよ。木村が遊び人でね、教えてくれたの。あたしが教えてあげるからさ、やってみない？」

「やる、やる。教えてくれ」

「公園じゃ目立つし、膝の悪い和子さんを誘えないから、この洋間でね。テーブル片付けて」


三木慎一の件があった頃から、僕と結花は朝晴れていれば休まずにラジオ体操へ出かけるようになった。以前から僕は早起きだったが、結花は少し遅かった。二人揃っての起床時刻が一定になって、そのために食事の時刻も就寝時刻も一緒になり、二人の間が縮まった気がする。出勤で別居の日でも、ラジオ体操の会場で結花と会うと、僕は手を挙げて「おはよう」と言う。

ラジオ体操には毎回四十人前後集まるが、女が八割でみな七十歳前後の人達だ。集まった人々の前に立つのは早川みどりになって、和子は参加者の後ろに立つようになった。男達は全員爺さんで後ろの方にぱらぱらと立っている。女達は互いに顔見知りになっているが、男達は黙々と体操を済ませ無言のまま去っていく。中には直ちにジョギングに出発する男もいる。僕はたまたま近くにいる男に話しかけるようにした。すると体操が終わってから僕と一緒にベンチに腰掛ける者が出てきた。そういう男達は話し好きで明るい。息子、娘と同居している者もいれば独り暮らしもいて、相当の暇人達らしい。自分が風邪をひくと孫を抱かせてもらえなくなる話など雑談を楽しんで帰っていく。中でもテナガエビ釣りが趣味の齋院清治の話は人々を引き寄せた。三木はそういう数人の人だかりには見向きもしなかったが、日を重ねるうち、すーっと近づいて、ちょっと聞き耳を立て、くだらん、という表情で離れていく。

齋院は早朝、北朝霞から荒川に行って橋の上から釣るのだそうだが、そこは会社の管理区域だから、見回りの来ない時間帯を狙って行くのだそうだ。小型のバケツに一杯釣ってくると言う。「そのエビどうするの」と尋ねてみると、近所に分けてやるのだという。齋院を囲んでいる男達は、おれにも分けてくれとは言わない。貰ったところで調理が面倒なのだ。女なら、今度釣れたらあたしに分けてよ、と言うのではないだろうか。

齋院は八十歳を少し過ぎているはずだが七十歳と言われても疑う人はいないほどの男だ。老妻に役に立たない物をぶら下げてと言われたんだそうで、それが癪に障ってバイアグラの処方箋を取りに来る。男のくせにというだけの意味にもとれるが、その処方箋を数回持って行ったところをみると役立っているのだろう。この薬は高齢者には処方しないという医師が多いやや劇薬なのだが、老後を明るく前向きに生きてもらうため、僕は七十歳台前半の男には検査で安全性を見極めて処方してきた。齋院は光が丘の病院に勤務していたときからの高血圧患者で、服薬による頭痛、脳出血、狭心症などの可能性を説明して、絶対に二錠を同時に服用しないこと、週に一回だけにすることなど厳しく注意したものだ。僕が朝霞の病院で診療を始めると朝霞に高血圧の診療と、その処方箋をもらいに来るようになった。非常に高価な薬なので一度に二錠しか希望しない。僕としてはやや助かっているが、何と言っても八十歳を過ぎている。処方したくないのだが、毎回いくつかの注意を繰り返してから渋々処方してやる。早朝のエビ釣りくらいしか楽しみのない齋院にとって妻とのたまさかの夜の生活は生き甲斐に違いないと思うのだ。

齋院の沢山釣った自慢話は楽しい。それでも朝食前だから長話にはならない。三木は相変わらず僕の方から呼び止めない限りさっさと帰ってしまう。呼び止めても一言、二言、言葉を交わすと帰っていく。

病気と聞くとダボハゼのようにすぐ食いつくと結花に冷やかされた。紀子はこういうからかい方はしなかった。頭の回転速度が普通列車か急行列車かの違いだ。

結花はどうしてダボハゼを知っているのだろうか、いつか聞いてみよう。東京湾でキスを釣っていると餌にすぐ食いついて邪魔する大きな口を持ったハゼのことだが。

ラジオ体操の仲間に元土建業の技術者らしい由木清という七十歳の男がいる。この男も光が丘の病院に勤務していたとき、高血圧で通ってきていた患者だ。その由木がラジオ体操の後、「萩本先生、ちょっと相談したいことがあるんですが」と声を掛けてきた。

「どういうことですか」

「ここではちょっと」と周囲を見回すので、結花を早く家へ帰して、周囲に誰もいないベンチに腰を下ろした。和子が少し離れた所に立ち僕を待っている。

「先生が精神科でないことは知ってはいるけどな、実は」と妻のことを話し出した。

「財布が無《ね》くなったって言うんだよ。初めの時は一緒に捜してやってさ、女房がいつも使ってる手提げ袋のようなのに入っていたんだ。二、三日して、また財布が無くなったって言い出してさ、あちこち引っかき回してよ、おれも一緒に捜してやってさ、前の時に見つかった手提げ袋に入ってたんだよ」

「お歳からいって、年を取れば誰でもそういうことはあるんじゃないですか。僕もね、しょっちゅう携帯をどこに置いたか忘れちまうんでね、子供達がいる頃は家族全員で捜し回ったことがあったものですよ」

「そりゃあ、おれだって物忘れはしょっちゅうだ。んだけど、女房の財布忘れは続けて四回もだよ。いつも女房の手提げ袋かバッグの中から出てくるんだよ。女房には随分苦労掛けてきたから怒鳴ったりはしねえけど、呆《ぼ》けたんじゃねえかって不安なんだあ、おれ」

「だったら、認知症の簡単な検査、長谷川式認知症スケールっていうんだけど、検査してあげようか」

「できればね、精神科で診てもらった方がいいんだけど、精神科に女房を連れて行くのにどう説得していいか分かんねえんだ」

「そうか。僕が検査するにしても同じだなあ。検査は簡単な計算をさせたり、野菜の名前を言わせたりするんで、認知症検査だってことがすぐバレるなあ」

由木は困りきった顔になった。

「じゃ、僕の家で、僕も、由木さんも遊び感覚で、代わる代わる検査するのはどうかなあ。運転免許証にでもかこつけてさ。近頃、高齢者による自動車事故が多いだろう。そのとき奥さんにも入ってもらえばいいんじゃないか」

「先生の家でねえ。突然女房を連れて先生のところへ行きゃ、感づかれてしまうんでねえか」

「とにかく、今日突然のお話だから、精神科に行くにしても、僕のところで簡易検査をするにしても、奥さんに納得してもらう方法をちょっと考えてみないか」

「家に帰って考えてみるよ」

僕も家に帰ろうとして見回すと和子がまだ待っていてくれたと言うより、話を聞いていたらしい。

「和子さん、家で朝食とらない？　今朝は僕が朝食当番だから」

「へえ。炊事当番を決めてるんだ」

「偉いだろう」

「偉くなんかないよ、夫婦じゃないんだから。家事は全部女の仕事っていう時代はとっくに終わってるよ」

偉いわねと、お愛想に言ってくれても良いのに家事のことになると、女は突然本気になってしまう。

僕は卵三つを鍋に割り入れガチャガチャと菜箸でかき回して火を止めた。結花と和子は洋間でお茶を淹れている。近頃のフライパンは油を使わなくても張り付かないから助かる。あとは豆腐の味噌汁。

「さあ、さあ、ご飯のできあがり」

結花が炊飯器を食卓のテーブルに運び、和子が味噌汁を椀によそい、僕はスクランブルエッグを皿に盛りつけ塩胡椒を振り掛け匙を添えた。

「今朝は特製の和食。味わって下さい」と言いながら僕は納豆に醤油をかけて運んだ。

「栄養満点でしょ。栄養学の大先生」

「野菜が足りないみたい」

と素直じゃない結花に、和子は、そうね、と言うように頷いた。

「そうおっしゃると思っていたんだ。僕に抜かりがあるはずないじゃないか。食後のオレンジジュースと牛乳があるんですよねえ。どんなもんですか。完璧でしょう」

僕のおどけ話をやっぱり無視して結花が言った。

「あのね、和子さん。聡さんはいつもこんな調子で自慢するの。パンのときは何て自慢すると思う。パリからお取り寄せのパンですなんて言うの」

「聡さん、長生きするわ」

和子も吹き出しそうにして箸を取った。

「ところでね、和子さん」と僕は由木の相談事を説明し、そして尋ねた。

「突然精神科で受診しようって言われたら、あなたは精神病だって言われたように受け取って、奥さんが怒り出すんじゃないかって心配してるんだ。和子さんは厄介な患者をいろいろ扱った経験があるから、こういうときどうしたらいいか、御指南を頼むよ」

結花が口を挟んだ。

「食事が終わってからその話しましょうよ。特製和食、不味くはないようね。とは言っても、これって不味くなりようがないけど」

結花は冗談のつもりなのか、和子の手前のこき下ろしか、とにかく可愛らしくない。頭の良い女はこれだから困ると突っ込むのを止めた。

食後のジュース、牛乳を飲み終わると、三人で後片付けをして、イチゴを皿に載せてテーブルに並べた。和子が言った。

「由木さんのことだけどさ、あたし地域包括支援センターのケアマネジャーを一人知ってるから相談してみる。とにかくね、いろいろ相談窓口があるんだわ」

「やっぱり和子さんは頼りになる。思い出したんだけど、最近診た患者がね、運転免許証更新のとき精神科で運転して良いかどうか相談したんだそうだ。僕はとっくに免許証を返上したから、そういう必要はないけど、自分がどれくらい呆けているか僕も知りたくなったなあ。和子さん、検査してくれないか」

「どうやってよ」

「長谷川式認知症スケールってての知ってるだろ。あれ、質問形式だから自分で自分を検査できないんだ」

「結花さんも知ってるわよね、長谷川式認知症検査っていう質問するだけの。簡易知能検査なんだけどさ。質問様式をインターネットからコピーしといてよね」

「うん、プリントしておく。たしか三十点が満点で、二十点以下が問題ありだったよな」

結花がまた僕を冷やかした。

「聡さんはきっと二十三点ね」

ちょっかいの出し過ぎだ。それだけ僕に馴染んでいるのだが、少しうるさい。きっと三つ子の魂百までなのだろう。僕はここぞとばかり、いつだったかの仕返しを言った。

「三点付け足してくれてたのはせめてもの心遣い？　しかしな、そうなら幸せだよ。呆けるのは早い者勝ちだからな。結花さんに介護してもらおう」

「和子さん。聡さんたら、こうやってあたしをいじめるの」

「お二人とも仲が良いんだわ。犬も食わない夫婦喧嘩じゃなくて、じゃれ合いみたいだわ。二人ともホントに七十歳の爺さんと婆さんかよう。小学生みたいだわ。あたしも仲間にいれてよね、若返りたいから」

結局、高齢者の自動車事故が多いから、それにかこつけて検査することになった。

由木夫婦が誘っても来なかったら仕方ないよという和子の言葉に乗って、「われわれ年を取ってきたからどの程度物忘れが進んでいるか簡単な検査をしてみよう」とラジオ体操仲間に声を掛けた。とくに由木には奥さん連れで僕の家に来るようにと目配せした。

僕の家の洋間には椅子が六脚しかない。二階で一人ずつ検査することにして、和子が案内役、結花は和室で待機することにしたから、検査するのは一日六人止まりだ。

初回は土曜の午後だった。由木清、芙美の夫婦と何にでも積極的な齋院清治が来た。

僕は検査の意味を丁寧に説明した。

「誰だって年を取れば物忘れをしやすくなりますよね。僕もね、あちこちで見かける木槿《むくげ》という美しい花の木、ご存じですよね、そのムクゲという名前が突然思い出せなくて、えーと、なんだっけかなと思い出そうとしたんだけど思い出せなかったんですよ。それがね、次の日の朝、突然思い出したんですよ。サフランていう花の名も思い出せなくて困ったことがありましたよ。サフランから染料が採れるのご存じですか」

芙美がうなずいた。

「物忘れで怖いのは何と言ってもガスの点けっぱなし。空焚きで済めばいいけど、下手すりゃ火事ですからね」

「そうなんだよ。あたしったら、しょっちゅう空焚きで、焦げた臭いでガスレンジに走るようになって、怖くなってね、随分高かったけど空焚きしそうになると勝手に消えてくれるレンジに取り替えたんだよ。しょうがないよね、歳だもの」

おや、打てば響くまともな反応だなと思った。僕のところも妻紀子が死んで一人になってから空焚き防止のレンジに変えてある。

「物忘れの検査なんていわれるとドキドキしてしまうんだけど、どうですか、僕を見て。どっから見ても呆けていないでしょ」

雰囲気を和らげるために言った。たまたまお茶出しに出て来た結花が半畳を入れた。

「呆けてるわよ。この間だって何か駅に置き忘れてきたじゃない」

「あれは木村さんのためなんだ。あんまり完璧だと付き合いにくいんじゃないかと思って、わざとだよ」

みんなが笑った。

「とにかく、どんな数字が出ても、今日の検査は目安程度だよ。少し心配な数値が出た方は専門の医者、つまり精神科でしっかり診てもらって下さい。精神科って言われると、あたし、精神病じゃないわよなんて怒り出す人がいるかもしれないけど、高齢者の運転免許更新のときに簡単な認知症検査を受けますよね。だから自動車を運転している人は物忘れ外来っていうところで診てもらっておいたほうがいいんだよな。物忘れ外来は大きな病院の精神科にはあるけど、ここの近くでは都立の健康長寿医療センターにありますよ。正常な値の人も、特に運転を続けている人は診てもらった方がいいんだよなあ。今日の検査を機会に物忘れに気をつけ、認知症にならないように心がけるきっかけになればと思うんだ」

「予防できるんですか」と芙美が聞いてきた。

「できますよ。例えば加賀谷さんが始められたラジオ体操なんか認知症予防にいいんですよ。ジョギング、散歩、水泳もいいし、読み書き、それからね、麻雀・囲碁・将棋・オセロもいいけど、いろいろの人と会って話すことは一番効果的だと言われているんです。人付き合いの少ない人、親しいお友達のいない人でも、お店の店員さんとは話せるでしょ。できるだけ声を出して笑うことだな。嫌な事には近寄らないことも大切なんだ」

説明を終わって僕は二階で一人ずつ検査を始めた。階下から和子と齋院を中心に賑やかに談笑する声が聞こえてきた。最後に僕を和子が検査してくれた。

由木清が二十四点、芙美が二十六点で、残りの人達は二十八点以上だった。由木清が顔をこわばらせている。こうなると、芙美が四回も財布をしまい忘れたという清の話が少し怪しくなる。

「二十点以下がやや問題ありだから、みんな、もちろん由木さんご夫妻も認知症じゃないっていう結果だけど、由木さんご夫妻は低めっていうの気になるでしょう。専門の医師に診てもらって、まったく正常っていうお墨付きを貰った方がいいよ。だって、運転してるんでしょ」

　由木の妻が「診てもらおうよ、ね、あんた」と夫を誘った。

「最近高齢者が起こす自動車事故が多いよねえ。ほかの方々、中でも齋院さんは八十歳を超えてまだご自分で運転してるんじゃないの。本気でメンタルクリニックに行って運転して良いかどうか診断してもらったほうがいいよ。エムシーアイ（ＭＣＩ：軽度認知障害）といって、軽い認知症というか認知症予備軍が、今の日本に七百万人もいるんだそうだよ。日頃はしっかり用心していても何かのときに交通事故や火事を起こすんだよな」

「おれは、まだあ……」

「いや、いや。診てもらって下さい」

「まあ、考えておくよ」

　齋院は尻込みしていたが、由木夫婦はすっかり乗り気になって帰り際、和子に光が丘の病院へ連れて行ってもらうことを約束していた。

　検査が終わって、和子、結花、僕の三人だけになって和子が言った。

「今日の検査、大成功ね。ね、結花さん」

「驚いたわねえ。由木さんのご主人の方の値が低いなんて。どう判断するの、二十四点というの」

「二十点以上は非認知症ということになっているんだけどさ」と、僕は言ってはみたものの、他の人よりはっきりと点数が低い由木夫妻のことが気になっていた。

この簡易検査がラジオ体操仲間に広まり、自分も検査してもらいたいという人がやってくるようになった。一般に精神科は初診を申し込んでから一カ月半も待たされるし、僕の所へ来れば無料だし、念のために診てもらうためには気軽なのだ。

検査してよ、とずいぶん横柄にやってくる者もいるが、長い病院勤めでそういう者には慣れていて腹が立たない。

三木慎一が診てくれと一人でやってきた。依頼の言葉は礼を失しないものの、なんとなく、検査を軽く見ている雰囲気だ。検査を信用しないんなら来なけりゃいいのにと、若い頃なら思ったかもしれない。高齢者の認知症を少しでも減らしたい、症状の進行を遅らせたいという今の僕は、そんなことは気にならない。

三木は二十八点で認知症の心配はなかったが、しばしば頭痛があるとか、吐くことが多いとか、いろいろ体の不調をたくさん訴えた。老人性鬱《うつ》を僕は疑った。放置するとゆくゆく自殺になるかもしれないという不安が湧いた。

「お話しになった症状について後日ご説明したいことがあります」と答えた。

この日の検査が終わって、なんとなく充実した一日だったような満足感に浸りながら、結花が何か言っている声を子守歌のように聞いて眠った。

翌朝は結花の朝食当番だから少し寝坊しても良いのだが起床時刻には必ず目が覚める。結花の作る朝食はパンのことが多い。今朝あたりはご飯に味噌汁がいいのだけど、そういう注文をお互いにつけないことにしている。その代わり今夜の夕食当番は僕だから、少し豪勢にしよう。

「聡さんて、診療となると別人ね、生き生きしていて」

「そうか。いつもと変わらないけどなあ」

「三木さんをどうするの？」

「まだ決めていないけど。奥さんはいないって言ってたよな。独り暮らしなんだろなあ」

「そう、言ってたじゃない」

「趣味がないかもしれないな。困ったことだ」

「で、どうするの」

「和子さんにも手伝ってもらって、散歩とか温泉旅行とか、健康ランドなんかに誘って、わいわい賑やかにしてやればだんだん元気になるんじゃないかなあ。萩本流お遊び診断法ってところだ」

「でもねえ、あの人、暗過ぎるわよね。文科省のお偉いさんなのに退職後に仕事してないって変でしょ。天下りなんていうほど立派なところじゃなくても再就職の口には困らないと思うけどなあ。ああいう人と旅するの、嫌よ、あたし」

「分かる、分かる。触らぬ神に祟りなしって言うけど、やっぱり僕は少し気になるなあ。それはそれとして光が丘駅のすぐ近くにスポーツクラブがあるじゃないか。あそこではダンス教室もやっているらしいよ。パーティーダンス、教えてくれよ」

「そう言えば、聡さんとダンスやっていなかったわね。そこへ行ってみようね。人工関節の和子さんを誘えないのは残念だけど。三木さんのことは後のことにしようよ」

「うん。結花大先生のお勧めだからそうする。僕は素直だろ」

「いちいち自慢するの止めなさいよ。うんざり」

「はい、承知、承知でござるが、しょっちゅうけなされてばかりで褒めてくれないから自慢するしかないだろう。ところでね、また、温泉旅行しようよ。こんどは和子さんも誘って」

「いいわね。どこにする？」

「うん、おわら風の盆を見に行こうよ。たしか八尾だったよな。それから結花が育った七尾に行ってみたいんだ」

「あら、あたしの故郷に興味あるの？」

「ある、ある、大ありだ。ずっと前から。お転婆娘が男の子を相手に立ち回りしていた所に立ってみたいんだ。七尾の海岸を結花と腕を組んで歩いてみたいんだ」

「和子さんと一緒だから腕は組めないわ。それでと、八尾に一泊して風の盆を見たら和倉温泉に泊まって、御陣乗《ごじんじょう》太鼓を聞きたいわね。たしか、加賀屋姉妹館ていったかなあ、割安のはずよ」

「それにしよう。すぐ申し込んでくれ、和子さんを誘ってから」

「おわら風の盆は九月初めだからすぐ申し込まなくちゃ」

「頼む。あのな、この出費は僕に任せてくれないか」

「あら、いいの」

「いいですよ。少しは年上の男だってとこ見せておきたいからな、結花の尻に敷かれないように」

「それは有り難いけど和子さんの分は？」

「もちろん僕が持つよ。随分助けられているもの。彼女には感謝してるんだ」

「和子さんにはあたしも随分世話になっているわ」

夫婦でないのに夫婦のような同棲を始めて一年が過ぎていた。僕は夕食作りにも慣れてきた。屋敷を囲む塀と家屋の間の狭い庭に紀子と植えた梅の苗木は古木の樹肌になっている。素人が剪定するからひどい樹形だ。

久しぶりに二泊三日の温泉旅行だ。

八尾でのおわら風の盆は楽しかった。若い頃に見た狭い街道を踊りながら練り歩く行列のような趣はなかったが、見世物としての踊りは七十歳を過ぎた者にとってのんびり楽しめた。和倉温泉から見る海景色、紀子と見たかったとやっぱり紀子を思い出してしまった。紀子との生活は前世のことと割り切ったはずなのに、磯に砕ける波音を聞きながら海を眼下に口づけ、あの軽いツンツンをちょっぴりしてみたいとは言っても、いま健在だったら七十を超えて半分は入れ歯、縦に皺の唇ではそんなことをする気にはなれないだろう。胸の内で笑った。そして、七尾に着いた。海に落ちる山の斜面に建つ墓標の中に結花の祖先の墓石があった。この海辺の狭い土地に生きていた人々が偲ばれ、墓石を背にしばらく海を眺めているうちに、無意識にしまざき由理の『面影』を小さくハミングしていた。

「あら」と結花が寄ってきて、「『面影』知ってるの」と僕の顔を覗いた。

「だって、結花さんの思い出があるところだろ。ご両親や、ご親戚や」

「ホント？　紀子さんを思い出してたんじゃない」

また意地悪なからかいに振り向くと、結花の瞳は意外に真剣だ。

「結花さん、聡さんをあんまりいじめないほうがいいわよ。男のくせに案外涙もろいんだから」と和子が助け船を出してくれた。

「そうだったの。ごめんね」

帰宅すると、待ちかねたように早川みどりが訪ねて来た。齋院が入院しているというのだ。とっさにバイアグラの使い過ぎによる脳出血、心筋梗塞、どちらかだと息が止まる思いになったが自動車事故だという。バックするときにブレーキとアクセルを踏み間違えて後ろに建っていた電柱に激突し、頭部打撲と鞭打ち症の両方で重症だという。

すぐに和子と結花と見舞いに行くと脳外科病棟に入院していた。意識がない。脳挫傷を起こしているらしいという。声を掛けることもできず、じっと顔を見ていると妻だという老女が病室に入ってきた。役に立たない物をぶら下げてと夫をなじったというが、男を受け入れることなどできそうにない、深い皺が滅法多い小柄な婆さんだ。やはり、単純に男のくせに、という意味で言ったのだろう。それを夫の清治は言葉通りに男性機能と受け止めたのだろう。男の単純さ、女の意地悪さの典型だと思った。だが、清治がバイアグラを用いたのは一回だけではない。つまりこの老妻は男を受け入れていたのだ。見かけによらないものだ。僕が八十歳になったとき、バイアグラを使う気にはなれない。

「頑固で人の言うことなんか聞かないから、自業自得よ。人様を怪我させなかったんだから良しとしなくちゃね」

まるで他人事のもの言いだ。夫の思いも寄らない大怪我に動転してことさらな言い方をしているのかもしれないが、どこか冷たい響きを感じた。この奥さんだって八十歳に近いんだろうけど、そういう歳になってもまだ角突き合うような気持ちがどこかに残っているのだろうか。

家に戻って夕食のあと、そのなんとなく割り切れない気持ちを話そうとした。

「齋院さんご夫婦のことでしょ」

ぱっと結花は突き放すような言い方だった。出鼻を挫かれた気分で黙っていると、齋院夫婦のありようが夫婦の生活というものを結花に思い出させたらしい。

「あのね、紀子さんが死ぬ間際に、好き、って言ったって、言ったわよね」

「うん」

「婚約した仲のあたしから聡さんを奪った罪の意識で、聡さんを死ぬまで好きでいようって決心していたのかもしれないって、あなたが言ったことがあったけど、覚えてる？」

「うん」

「正直言うと、白状すると、あたしも似たようなものだったのよ。勝手に婚約を破棄した聡さんを見返してやろうと思って、初めの夫土師に一所懸命尽くしたわ。ひどい無茶を言われても我慢して、何も言わないで尽くしたの」

僕は目を伏せ加減にして耳を傾けた。

「不思議よねえ。だって、土師がああいう病気に罹らなければ聡さんと再会するなんてことも一生なかったわけだし、土師とは仲の良い老夫婦になっていたと思うのよ」

「偶然だなあ。その上、住まいまでこんなに近かったんだから」

「それでね、あの頃のあたしも若かったから自分で気が付かなかったんだけど、紀子さんと特別な関係になったからって正直に言ってくれたとき、思い出してみるとあたしを裏切ったのは聡さんの体っていうか肉体で、心っていうか感情はあたしにあったのよね」

「そうですって言いたいとこだけど、三十年も連れ添って一所懸命だった紀子を思い出すと……」

「結構、複雑だったんでしょ」

「そりゃ、そうだよ」

僕はその頃のことを思い出した。毎夜紀子を激しく抱きしめることで結花の顔を、姿を、声を、振り払っていたのだった。

「あたしもね、土師があんまり早くあの世に行っちゃって、人生灰色だったわ。たまたまなんかの会で知り合った木村と再婚することになったけど、木村にも先立たれ、そして聡さんとまた再会して、こんなことになっちゃって」

「あのね……。いや、やっぱり紀子に申し訳ないから言わないでおく」

「無理しないで。何を言いたいかおおよそ分かるから」

「そう言われると……。言わねば腹が膨れるというから。それに、さっさと死んだ紀子が悪いんだから。紀子と一緒になって二、三年経った頃、紀子に言われたことがあるんだ。ときどき間違えて、無意識に紀子を結花って呼ぶことがあったんだそうだ。だからあの離婚騒ぎのときは結花を裏切った報いだって思ったんだ。その後もときどき結花を思い出していたんだ。初恋の女っていくつになっても、何年経っても忘れられないんだよな。僕は性格が女々しいんだ」

「男の人って初恋の女を一生忘れないって言うわよ」

「結花とは綺麗な関係だったしな」

「あら、汚い関係の女がいたの？」

「いないよう。紀子とああなるまでは」

「実はね、当たり前だけど、聡さんはあたしにとっても初恋なのよ。でもね、好きだったなんて言ったら負けになるから黙ってたけど。あなたとこんな生活を始めたのは、あたしの心のどこかに聡さんが生きていたのね。近頃そう思うの」

「間もなく七十三になるなあ、僕。あれから四十年を超えた」

「一緒に、『面影』を歌おうよ」

僕は歌が下手だから、ハモったりはしないけれど、結花の背に手を軽く回して最後まで歌いきった。歌い終わって、僕は言った。

「結花を泣かせてみたくなった。しまざき由理の『追憶』を歌おうよ」

「歌いましょ。そう言われると、意地でも泣かないから」

歌い終わって、風呂に一緒に入らないかと誘ったが断られた。結花のたるんだ皺だらけの裸体を見たいわけじゃないが、一糸まとわぬ姿で湯船に浸かることが、本当の、正真正銘の裸の付き合い、夫婦なら夫婦の付き合いだと僕は思うのだ。浴槽は二人一緒に入っても窮屈でない大きさだ。幼かった子供達と一緒に入られるように、風呂場をリフォームしたのだった。紀子は黙っていても入ってきたものだった。

風呂から上がり赤ワインをグラス半分に注いで舐めるようにして渋みを味わっていると、風呂から上がってきた結花も赤ワインを入れたグラスを持ってきた。紀子と飲むときは、僕は青い江戸切り子、紀子は赤い江戸切り子を使っていたが、それを使えば結花は二代目紀子というような感じになるので切り子グラスは仕舞い込んだままにしてある。紀子は前世のただ一人の妻で、現世では結花が老妻なのだ。

「あのね、聡さん。齋院さんのお家の事なんだけど。由木さんの奥さん、芙美さんの話だと、清治さんとあの奥さんと、それから独身の娘さんと三人暮らしなんだって」

「そう」

僕はいつも不思議に思うのだが、女同士の交際ではすぐに相手の家族構成を把握してしまう。僕は大学の同期会でも、学会仲間、医師仲間でも、妻子のことはまったく話題にならないから、そうとうの親友でも何人の子持ちかさえ知らないことが大部分だ。

「それでね、その娘さんはずいぶん気が強くてしょっちゅう母親と喧嘩するんだって。この間なんか、清治さんがああなる前、母親がカラオケで帰りが遅くなったら出入り口全部に鍵掛けて家に入れなかったんだって」

そう言い終わったとき、結花は一瞬何かを思う様子を示した。

「だって清治さんがいるだろ」

「さっさと寝るから奥さんの遅い帰りに気がつかないらしいの。それで、お母さんが、つまり清治さんの奥さんが家に入れないから一晩泊めてってって由木さんのところに来たんだってさ」

「すごい娘だなあ」

「あんなに明るくて人気者のお父さんがいるのにね」

「八十近くなってもカラオケっていうのはいいことだけど、清治さんにもしものことがあったら、齋院さんの家、どうなるんだろ」

この夜は布団を離さないで敷いた。

齋院は入院十日目に死んだ。脳内出血が入院後にも起きて手の付けようがなかったらしい。一方、由木夫妻は二人揃って運転免許証を返納し、最近はいつも腕を組むようにして買い物、散歩に出歩くらしい。この老夫婦は二人ともエムシーアイがあるらしい。アルツハイマー型やレビー小体型などでなければ少しずつ正常に戻っていくのではないだろうか。少なくとも悪化することはないはずだと期待した。

ラジオ体操の会では、みんなの前に立つ人を早川から蓮見玲子にすることを、和子に言われて僕は大声で提案し、皆の了解を得た。この僕の提案は思いがけない効果を生んだ。それまでは参加者は黙って参加し、終わればすっといなくなっていたのだが、たった一つのこの提案だけでなんとなく仲間意識が生まれてきたような気がする。それに僕の家での認知症検査を受けた人も十人ぐらいはいる。ラジオ体操参加者同士の雑談が増え、賑やかになってきたのだ。

「みんなでコンサートに行って、早川さんに少し解説してもらったら楽しいかもしれないぞ」と僕が提案した。たちまち反論が出た。

「コンサートのチケットが滅法高いんでしょ」

早川が反論した。

「そんなこと心配ないわよ。有名なコンサートなら高いけど、区民会館なんかでのコンサートには安いのもあるわよ」

「でも、それって、下手なんじゃない」と誰かが声を挙げた。

「違うの。上手なんだけどまだ新人だからチケットが安いっていうこと多いのよ」

「じゃ、その新人を応援するつもりで行ってみよう」ということになった。

三千円くらいのチケットを購入したのは数人だったがみんな聞き入った。そして早川の解説は専門的だが、聞いていて退屈しなかった。

和子の提案で、有志はラジオ体操の会の後、何人かが十時に練馬区生涯学習センター分館に集まって絵画教室に参加することになった。僕はスラックラインを提案した。一口に言えば綱渡りのことだが、この人気スポーツは転びやすい高齢者のバランス感覚を養うのによいというのだ。老人ホームでも取り入れるところが増えつつあるらしい。

「綱渡りなんてあたしらにできるはずがないじゃないの」

「いやいや、誰でもできる方法があるんだ」と僕は答えた。

みな静かになった。

「手摺りのような物を人の肩幅より広い程度に平行にセットして、その間の地面に高さ十センチ程度にベルトを張るんだ。渡る人は左右の手摺りを握りながらベルトの上を歩く。これをやった人は転んで怪我することが減ったそうなんだ」

面白そうだからやってみたいと言う声があがった。その手摺りとベルトは僕が購入し、公園の事務所の了解を得てラジオ体操に使っている広場の隅にセットすることになった。

絵画教室のほうは絵画といっても絵手紙描きで、下手なほど味があったりする。週に一回美術大学の学生に指導してもらうことになった。参加者は年寄りだから若い講師の指導に大喜びだ。美術室使用料や指導者への謝金はいくらでもないから、僅かとはいえ収入のある僕が負担することにした。この試みは美大生にとっても、高齢者の実態を見る機会になるはずだ。

スラックラインの方は大人気で、ラジオ体操のあと順番待ちの列が長い。つぎつぎとチャレンジする。ベルトの揺れについていけなければ足を地面に落とせばいいのだ。初めは三歩と進めないから、「難しい」とか「頑張って」などと中学校の運動会のように声が上がり、大きい笑い声が絶えなかった。

すでに仲秋も終わりに近づき、朝は冷え込むようになってきた。ラジオ体操が始まる前、みんなの前に和子が進み出た。

「皆さん、おはようございます」和子の声は歳に似合わず大きい。「今朝も元気にお集まりいただいて有り難うございます。いよいよこれから寒くなってゆきます。それで、この会は十一月十日を今年の最後に致したいと思います。もちろん、その日が雨だったり強風が吹いたりすれば中止になります。よろしいでしょうか」

誰からも異論は出なかった。そして、その最終日は晴れだった。いつもより参加者がやや多いようだ。体操が終わると賑やかに声を掛け合いながら散っていく。

この日は僕の出勤日。月曜と火曜は夕方六時半から駅前のスポーツクラブでパーティーダンスをすることを結花と約束して別れた。

愛の季節

水曜の夕食後だった。三木が僕の所へやって来た。月曜、火曜は結花と三十分ダンスの練習をして、帰りにファミレスに寄りグラスビール一杯を飲みながら雑談するから、家に着くのは八時以降になる。三木は夕刻何度か訪ねてきて、ようやく僕に会えたのかもしれない。

「先生にちょっとご相談したいことがあるので明日の夜お付き合い願えませんか」

相変わらずもの言いは慇懃だ。

「いいですよ。暇人ですから」

「では駅から出たところに居酒屋があるのご存じですか。ご存じですね。そこで七時に待ってます」

「分かりました」

その居酒屋は僕が入ったことのないこぎれいな店だった。

「やあ。お待たせしました」

「わざわざお出でいただいて申し訳ない」

「どういたしまして。さてっと、お飲み物は？」

「ビールでどうですか」

「いいですね」

まずはグラスを上げ、それからお通しをつつきながら三木の話を待った。

「あの、おれはこの間ご説明したようにいろいろの症状があるので、親しくしている大学の内科学教授に診てもらったのですが、とりたてて病気らしいものはないとおっしゃる。これだけ症状があってもですか、と念を押したのですが様子を見ましょうと言われましてねえ」

「つまり、経過観察ということですね」

「そうでしょうけれど、気にするほどのことは何もないということで。私は職業柄、ほかにも大学教授を知っていますが、その前に先生にいちおうご相談しておきたいと思いましてな。もし何かあればこのあたりに掛かりつけ医を持たないといけなくなりますのでな」

なんとなく本省内の、いわば業界用語的になってきた。口調からみてどうやら大学教授病らしい。相手が東京の国立大学の教授ならいくらか上に見る気持ちを持つが、田舎の国立大学教授なら鼻であしらうという手合いなのだろう。権威に反抗的だった若かりし日の僕なら、その大学の教授先生にすべてお任せなさったら、と突き放したに違いない。今の僕は違う。相手が嫌みな人だろうが好ましい人だろうが、体の苦痛を和らげてやるという使命感が身についてしまっている。もしかしたら結花はこれも僕の職業病と言うかもしれない。とにかく結花は口が悪い。お陰で僕は老け込まないで済む。

医学部教授は大学と付属病院の管理運営、人事、研究グループの組織、研究費獲得、文科省との折衝などで、患者一人ひとりの生活背景や性格を思う余裕などあるはずがない。それでも患者達は教授診察を有り難がるのでそれなりに威厳のあるもの言いをするが、通院回数を減らそうとする。とりとめない患者の訴えに丁寧に対応しようなんていう気持ちも時間もないのが医学部教授という職種だ。

「そうですねえ。いろいろ検査を受けなさったと思いますが、大学病院は患者が多すぎて患者さんへの対応がゆき届かないことがあるかもしれませんねえ」

「萩本先生はこの近くの大きな病院で内科部長をなさっていたそうですね」

それ来た。医者の優劣を肩書きで判断する人だ。

「はい。もう、定年退職して三年が経ちましたよ」

「医学は日進月歩とのことですから。三年は長いんでしょう」

「その通りですよ。最近はインターネットで様々な文献など手に入れることもできるし、医師相互のコミュニケーションも一頃よりは良くなったし、それに研究集会などでは、相手が大学教授でもずばずば質問する若手医師も出てきましたから、勉強熱心な医師なら、日々の進歩に遅れることはない世の中になりましたよ」

「そんなものですか。近頃の若者はねえ」

「アルコールを飲みながら問診というわけにはいきませんが、少しだけお聞きします」

「ああ、いいですよ」

「気になる症状を教えて下さい」

三木は懐からメモを取り出した。

「ええ、吐き気、下痢、食欲不振、それから頭痛、動悸、……」

「最近、体重は減っていませんか」

「少し減りました」

「どれぐらい？」

「一年前と比べて一キロぐらい。それでね、気力がなくなりましてね、せっかくラジオ体操をやっても、帰宅すると何もやる気が出てこないんですよ。何をやるにもおっくうで、人と会うのもわずらわしくて」

「そうですか。体重のことを教授先生にお話しされましたか」

「いや、体重を量ってくれたんで」

「タバコは？」

「以前より増えましたねえ」

「一日何本ぐらい？」

「一箱半ぐらいかなあ」

「吸い過ぎですねえ、晩酌はどれぐらい」

吸い過ぎ注意と晩酌を続けたところに僕の工夫がある。喫煙者はしょっちゅうタバコの害を言われるから、医者と聞いただけで反感を持つ者が少なくない。酒の飲み過ぎに対する注意に反感を持つ患者は少ないから、喫煙注意と酒を続けることで禁煙に対し反感を持つ時間的余裕をなくしているのだ。患者に反感を持たせてしまっては医師失格だ。

「ウイスキーを水割りで三、四杯」

「多いですねえ。糖尿病は？」

ここまで来て、アルコールの入ったせいもあって、三木は僕に親近感を持ってきた。

「有りませんが高脂血症と言われているんだ。タバコと酒が多くなったのはここ二、三年のことなんだ」

やっぱり原因があったんだ。あとはその原因を突き止めることだ。僕はようやく赤ワインを注文する気になった。

「そうですか。何か理由があったんですね。あとはしらふの時におうかがいしましょう」

女の喫煙者数は横這いだが、男の喫煙者数が減りつつある昨今なのに、タバコの量が多すぎる。その上、ウイスキーを水割りで三、四杯だと、ストレートに換算すれば一合以上になる。四合瓶ウイスキーを四回で飲み干してしまうことになる。それが毎晩ではもうアルコール性肝炎を起こしているかもしれないし、胃粘膜のただれは相当だろう。文科省ではエリートだったらしいから、それがどれだけ健康を害するか知っているはずだし、我慢強さもある男のはずなのにだ。そんなことを考えながらありきたりの雑談に話題を変えた。

話が長くなったせいかビール、ワインの量が少し過ぎたようだ。家に帰り着いたのは十時近くだった。


居酒屋での長話で三木と僕の間の距離が近くなって、ラジオ体操の時に三木からも話しかけてくるようになった。体操の後、ベンチに腰掛けて今後の診療について提案した。

三木自身にも分かるように症状に合わせて検査を進める。治療的検査なんて聞いたことがないが、検査を進めることが治療の第一歩になるだろう。僕はそう判断した。そのように対応していけば早晩三木が抱えている重い荷物が何か掴めるはずだ。

「僕は朝霞にある小さな病院で週三日診療していますが、どうしますかねえ。近くの、僕が勤めていた病院で検査してもらいますか。それとも朝霞の病院で僕が検査しますか」

「それなんですよ。丁寧に、体中検査してもらうためにはどこがいいですか。それを知りたいんだ」

「うーん。そうですか。では、こうなさったらどうですか。今僕が勤務している病院なら三木さんのご希望に沿って僕自身が検査できます。検査機器は完備していますし、検査機器は大病院のでも小さな病院のでも機能的にはまったく差がなくて、検査結果にも変わりがありませんから、まず僕が検査して、少しでも問題があれば、その問題について東京で一番相応しい病院にご紹介するというのはどうでしょう」

「お願いしますよ」

この日の夜、また以前と同じ居酒屋で待ち合わせた。

「検査はさっそく来週の月曜はいかがですか。早いほうがいいでしょう」

「ありがたいですね。何時にお伺いすればいいですか」

「僕は早めに出勤して検査の準備をしておきます、できるだけお待たせしないように」

特別扱いですよ、ということが三木の自尊心をくすぐるはずだ。知識人には検査目的を丁寧に説明しておく必要がある。

「人間ドックではないので症状を考慮しながらまず、心電図、胸部、腹部のレントゲン検査、血液と尿の検査。現在のお体の様子を大掴みにすることができます。これはご来院初日に行いましょう。胃と腸の内視鏡検査はお出でいただいたときにご説明しますが前夜からの絶食など、いろいろ準備していただくことがありますし。その他にお年から考えて心臓と腹部の超音波検査、CTスキャン、MRIなどの検査が必要になるでしょうから、スケジュールをうまく立てて検査順序を決めます。とにかく病気にはガンだけでなくいろいろありますから。それに入院なしで検査を進めようと考えています、お忙しいでしょうから」

「有り難いですね。お願いします」

「あっ、その前に、健康保険のほうは三割負担ですか、それとも一割負担ですか」

「三割です」

「健康保険は使えますが、入院なしですから延べ日数は増えます。でもこのように様々な検査をすると、三割負担の場合でも結構な金額になると思いますよ」

「自分の命のことだし、それに毎日不安でいるのは耐えられないんで」

「症状を考慮しながらの血の通った検査になる上、人間ドックよりは遥かに安くはなります。お通いになるのが面倒でしょうけど」

「入院しないで済むのは非常に有り難い。何よりも有り難い」

入院不要ということを表情に表して有り難がった。定年退職して無職なのに入院を嫌う。鬱症状の原因は多分、家庭にあるだろう。

「ところで、三木さん。今はお一人暮らしですか」

「独居老人ですよ。いずれ孤独死ですなあ」

深い寂しさが三木の顔に浮かんだ。三木を救えるのは僕しかいないのかもしれないという気がしてきた。

「僕も同じですよ。子供達に一緒に暮らそうって誘われるけど、一人の方が気楽でね」

「ご同様ですな。息子はアメリカ人の嫁と一緒にアメリカ暮らしで、娘は独身だけどドイツ暮らし。バイオリンなんかやらせるんじゃなかったよ。とにかく、子供の世話になる気にはなれませんなあ」

「ラジオ体操の会の加賀谷さんも一人住まいなんですよ。彼女は僕が勤めていた大きな病院の副総師長、今は看護部次長と呼ぶようになった管理職まで務められた方で、相当の腕なんですよ。彼女のお陰で命を取り留めた患者もいるんですよ。けっこう偉かったんですよ」

「そうですか。お元気だなあって、感心していたんだ」

僕は最大の関心事をさりげなく尋ねた。

「ところで奥さんは？」

「それがねえ、いろいろ検査していただくわけだから正直に言うけど、介護付きの施設に入っているんだ」

「そうですか。教授先生にはそのことをお話しになられましたか」

「いや、わたしの病気とは関係ないんで」

やはりそうだった。僕はまじまじと三木を見詰めた。手間暇かかったが、ついに鬱《うつ》の原因を自分から言わせることに成功したのだ。こうなれば言葉は悪いがこっちのものだ。

「おおよそ、見当がおつきになるでしょう。四年前になるかなあ、妻が化粧品を入れておく引き出しなんて見たことがなかったんだけどね、何かのときに間違えて開けたら同じ化粧品らしいチューブが沢山あったんですよ。まとめ買いしたのかなあとその時は気に掛けなかったんですがね、日頃開けない食器棚の一番下の引き出しを開けたら同じものがどんと有りましてな。驚きましたなあ。納品書が入っていたんで通販業者に電話してみたら毎月定期購入の契約がしてあるっていうんだ。それがですよ、妻に確かめたらそんな契約はしていないって言い張るんだなあ。実物を見せてもだよ。これはもう認知症に間違いないと判断したねえ。妻は認知症だからと言ってその購入を取り消したんだ。定年退職まであと二年のときだったよ。無念ですなあ」

三木は涙ぐんでいる。

「そうでしょうねえ」

僕はじっと聞くことにした。

「それから何カ月経ったかなあ、今度は段ボール箱が三個も配達されて、これは何だと訊くと、知らない、そんな物は買った覚えがないって言うんだ」胸に溜まっていた物を吐き出し始めた。言葉がぞんざいになっている。「出荷元に問い合わせるとやはり通販で購入契約がされていたんだ。事情を説明して引き取ってもらったけどな。そんなことが何度か繰り返されて、悔しくて涙が出たよ」

「それはよく聞く症状ですねえ」

「よくある症状ですか。その頃から、きれい好きだった妻が急に掃除をしなくなって。そのうち戸棚の戸は開けっ放し、ガスの火は点けっぱなし。ちょうど定年退職の年だったんで、家事は全部おれがやることにしたんだけど、少しでも美味い物をと努力しても、まずい、と言って私を睨むんだ。まあねえ、おれは料理なんか作ったことがなかったからしかたないんだがな」

三木は水割りのウイスキーを見詰めて、そして口に含んだ。呑み込むとまた一口飲んだ。そうとう酔っている。

「萩本さんはそのお歳になるまでこういうご経験がなくてよかったですなあ」

三木はしみじみと言ってから話を戻した。

「それから何カ月か経った頃からなんだ。失禁が始まって。尿漏れパンツをはかせるのに苦労しましたよ、嫌がってごねるんだよなあ、少々もこもこしても乾いている方が気持ちいいと思うんだけどなあ。紙おむつだけならだんだん慣れてくれたけれど、尿取りパッドのもこもこが嫌いらしいんだ」

いったん言葉を切ってから続けた。

「そのうち大の方もなんだよ。頃合いを見計らって室内便器に移動させるんだけどね、これがいつも成功するとは限らないんだ。糞尿だらけになった下半身をきれいにするの、もとは恋人、愛妻でも嫌ですなあ」

「僕もね、妻が死ぬ一年前から下の始末をしましたけど、認知症ではなくても大変だったから、想像するだけでもご苦労が分かりますよ」

「そうですか、萩本さんもねえ。いろいろあってねえ。切りがないから話は飛ばすけど、デイサービス、ご存じの通所介護のことですよ。入浴、排泄、食事を面倒見てくれるんだけどね、在宅介護を続けているとショートステイの有り難みが分かるんだ。介護にもっと予算を付けるべきなんだ」

「そうでしょうねえ、三木さんのほうが年上なんでしょ」

「そうなんだ。症状は悪い方へ転がっていくんだよなあ、薬を飲んでいてもだ」

「また、新薬が完成しそうだというけどねえ」

今夜は三木の話をとことん聞いてやろう。それがこの男に気力を取り戻す力になるはずだ。そう腹をくくったら三木は話をはしょった。

「とにかくもう居宅では無理になってきたんでグループホームに入れることにしたんだ。正確に言うと認知症対応型、何と言ったっけかな、そうそう、共同生活介護施設。遠過ぎてはだめだし、雰囲気がよくなくちゃ可哀想になるし」

介護施設へ入居する前までに、大便で布団を、廊下を、部屋を汚しまくり、預金を通販で使い尽くす、注意すれば食ってかかる、デタラメの弁解を言い張る、親切に面倒みようとしているのに憎しみの目で睨み返してくる、などなど人に言えないことが山ほどあるはずだ。愛して止まない妻の不名誉を洗いざらい言いたくないのだろう。

「まあまあの所がみつかったんですか」

「そうなんだ。ほっとしたんだ」

「そういう方増える一方ですからね。認知症患者の数は七百万人といいますが、隠れ認知症を含めると一千万人ぐらいはいるんじゃないですかねえ。施設に入っておられる方が二〇パーセント未満ですから、施設がどれだけ足りないか、予算が足りないかだなあ。居宅サービスが六割強で、地域密着型サービスが五パーセント強。まだまだ遅れてますよ日本は」

「ずいぶん詳しいですなあ。尊敬するよ、見直しましたよ。これが本当の臨床家だな。それでね、妻の入所に良いところに巡り合うまで一年待ったんだよ」

「よく頑張りましたねえ」

「とにかく生活費、介護費を稼がねばならんかったから定年退職前に辞めるわけにもいかんのでね。退職金が頼りでね、恥ずかしながら。退職後の仕事なんて考えられなかったんだ」

「そういう辛い情況の方を何人か知ってますけど、とにかく入所できて良かったとしか言いようがありませんね」

「とにかく、寿命百歳時代、八十歳以上の人は増える一方だからな、ご存じのように八十歳を超すと認知症もぐっと増えますからな、わたしも、失礼ながら萩本さんも確率的にはどちらかが介護を受ける羽目に……」

「その通りなんですよ。認知症は恥ではないけど、介護してくれる子供はなかなかいない」

「おれは自分からは死なないんだ。世の中にどれほど迷惑をかけても、死ぬまでは死なないと決めてるんだ、おれはね。妻がおれを認知できなくなっても、死ぬまで介護することに心を決めたんだ。おれが呆けるまではそれを生き甲斐にすると決めてんだ、良い女だったなあ女房は。亜紀子っていうんだ。世界でただ一人の女だったんだぞ。おれを本気で、命がけで好いてくれていた。ところで萩本さんの奥さんていうのはどんな人だったんですか。良家のお嬢様でしょう」

「いやいや。とんでもない」

「おれが入省して二年目に彼女が入ってきたんだ。ひとめで惚れてしまってね、しかし慌てりゃ逃がしてしまうから慎重に慎重に近づいたんだ」

「まるで狩りみたいだ」

「そりゃそうだよ。男は女を狩るんだ。逃げられたら狩りが下手なんだ。萩本さんはどんな具合に若かりし奥様を手に入れたのか知りたい」

「いや、いや。いろいろあって」

「いつか教えろよ」

三木はそうとう酔っている。帰ることにした。

「三木さん。今夜は僕に支払わせて下さい。いろいろ勉強というか、医師としての参考になったから」

「わたしは常々割り勘を原則にしてきてたけど、役所を辞めたことだし、お言葉に甘えることにするよ」

三木を支えながら家へ送った。

三木の内科的検査は二週間で全部終わらせた。高血圧、脂質代謝異常以外に疾患といえるものは見つからず、幸い肝機能にも呼吸機能にも異常は認められなかった。頸動脈エコー検査で血管壁がぶ厚くなっていることは要注意だ。今後に予想される危険性としては心筋梗塞、脳出血、脳梗塞だ。それらは僕の専門領域だから面倒見ることとして、眼底検査、聴力検査は必要だ。さらに整形外科的検査も必要で、紹介状を持たせることにした。

気になったことは脳血管性の認知症が始まっているのではないかということだ。それで、脳外科に紹介して精密検査をしてもらった。わずかな脳萎縮と、微小な梗塞病巣が二つ認められたが、今のところ心配ないという。軽度の脳萎縮は飲酒癖が原因だろう。すると三木のさまざまな自覚症状の原因はストレス性の「鬱」だ。なんとか三木を説得して精神科で受診してもらった。診断はやはり鬱で、認知症の兆候はないという。抗うつ剤の処方は精神科に任せて、飲酒を止めさせるために僕にできることは酒より楽しいことをさせることだ。三木についてやっと気分がすっきりした。三木を呼んで最終的検査結果の説明が終わったとき、僕の気持ちが自然に伝わったのか、三木も目に見えない緊張が緩んだように見えた。元気づけてやろう。

「危険な病気が何もなかったお祝いに温泉に行きませんか。加賀谷さんと木村さんは僕の遊び仲間でね、みんな一緒に四人で」

「仕事辞めてからどこにも行ってないなあ。ゴルフにも行っていないし。そうねえ、お供しましょう。一日ぐらいなら妻から離れても」

入所させていても妻を放っておけないのだ。一生掛けて太くした三木夫婦の赤い糸を見た。

「遊びの計画は加賀谷さんが得意なので、いつも彼女に任せることにしてるんですよ」

結花は、三木との旅行の話を聞くと、「まさか三木さんの旅費を出してあげたりしないでしょうね」と呆れていた。

和子と結花と四人で水上温泉に一泊して賑やかに飲んで食べたのがきっかけになり、三木は僕の家に時々来るようになった。

多分抗うつ剤の効果でもあるだろうが一頃までの暗さは薄れている。むしろ僕のほうが前世の事として忘れることにしている紀子が折節に現れて淋しくなる。結花を抱きしめることが多くなった。しかし、結花は夜ごとに肌を合わせながら家庭を築き上げた紀子とは違う。

由木夫妻もだんだん足繁く来るようになった。由木夫妻は羨ましいほど仲の良い老夫婦だ。その有り様を三木に見せつけるのは酷ではあるが、年の暮れに由木夫妻と三木、それに結花と和子と僕の家で年忘れの会を開くことにすると、「早川さんも誘いましょうよ、椅子はなんとかするから」と和子が言う。早川が来ればキーボードピアノを弾いてもらい合唱できるのだ。

僕の家での会だから会費なし。そして一切の心遣いなし、と念を押して十二月二十日の午後に会は開かれた。意外なことに、由木夫妻は民謡が得意。二人は民謡で結ばれたという。三木は『野ばら』をドイツ語で歌った。和子と結花は『バラが咲いた』を合唱したあと五輪真弓の『恋人よ』を歌いだしたら三木も由木夫妻も、そして早川と僕も声を合わせた。歌っている最中、三木の目が潤んだようだった。

会が終わり結花と二人だけになるとさすがにぐったりと疲れが出た。風呂に入る気力もなく、床に入るやたちまち眠りに落ちた。

夜が明ければ朝食作り当番は僕だ。寝る前に炊飯器のタイマーをセットしてスイッチを入れておいたから、準備と言っても納豆、生卵と豆腐の味噌汁の準備だけ。「おはよう」と結花は背後から声をかけてきた。「おはよう」と返しながら振り向き結花の肩をそっと掴み、そしてガスレンジの方へ向き直ると、結花はテーブルに食器を並べた。そう言えば、「おはよう」のときに紀子の肩に手を置いたものだった。

「昨日はご苦労様。よく眠れた？」

「ああいう会、いいわね。聡さんとこうして一緒に生活するようになって、あたし、ホントに良かったと思ったわ。聡さんはホントに素晴らしいお医者さんなのねえ。つくづくそう思った。昨日、三木さんが『恋人よ』を歌っているとき泣いてたわ。みんな七十歳前後まで生きていると何かしらあるのねえ」

「僕は素晴らしい医者じゃないけど、患者に出会うと何かしないでいられなくなるんだ。結花が言うように患者がいなければ気の抜けたサイダーさ」

「立派なお医者さんよ。あたしね、ほら、土師の病気は初めは近くの医者に行ったんだけど埒《らち》が明かなくて、それで循環器病院で診てもらって診断がついて、これからは自宅に近い病院を掛かりつけ医にして、何かあったら来て下さいって言われて。紹介相手の医師が何と萩本聡って書いてあって、びっくりしたわ。その病院は遠慮したいって言えないし、土師は気乗りでお願いしますって言ったし。あなたと再会することになるなんて奇跡よねえ。土師があの世に行ってしまって、子供が小さかったからとにかく立派に育てなくちゃって心を入れ替えるつもりで、気力を振り絞っているときだったせいか、表情がなくなっている聡さんを放っておけない気持ちになったのよ」

「心配かけた。改めて、有り難う」

「それから木村の心筋梗塞でしょ。初めから聡さんに診てもらっていれば死なないで済んだかもしれないと思うのね」

「いやあ、分かんないな、それはあ。心筋梗塞は発症してから治療までの時間が勝負だからな」

「聡さん、もう少し自己主張した方がいいわよ。いつも、ありがとう、申し訳ない、じゃ損するわよ」

「うーん。あんまり損したことはないけど。今だって結花と一緒で幸せだし」

絵画教室は続いている。さすがにみな上手になってきた。絵には性格など個性が表れるから互いに見せ合って褒めたり笑ったり楽しい。年賀状は一枚ずつ描き、そして決まり文句の賀詞を書いたという人が多かった。結花も描いたという。

ダンスの練習会場は混んできた。さすがに木村と踊っていた結花は普通に踊れるのだが、僕はまるでダメだ。相手が結花だから腹が擦れ合うほどに向かい合い、言われた通りに結花の背筋に右手指を当てる。そして軽く反るほどに背筋を伸ばして立つところまでは誰でもできるわけだが、足を出そうとすると結花の足が邪魔で、足払いをかけるように結花の足の横へ出してしまうから柔道まがいになってしまう。大学院時代、結花と空き部屋にあった卓球台で卓球をしたものだったが、僕はラケットを持ったことがなかったので、球を打ち合うというより球拾いだった。そのとき結花は不愉快な顔をしなかった。ダンスでも嫌な顔をしない。ゆっくりした動きのブルースのクォーターターンを丁寧に教えてくれる。ＳＳＱＱ（スロー、スロー、クイック、クイック）と進んで、そして体を横へ回してＳＳＱＱ。少しスムースになってくると、音楽に合わせてステップを踏むのが楽しくなってくる。これは、結花との心の距離を近づけるのにすばらしい。風呂に一緒に入るよりは遥かに良い。家では洋間で毎晩三十分ずつ練習するようになった。

大晦日、元旦は僕も結花もそれぞれの子供達と過ごした。三が日が過ぎて結花との生活が始まって、三木は新年早々からやって来た。

「萩本さんのところにはいつも木村さんがおられますが、どういうご関係ですか」とよく受ける質問を三木にもされた。「子供の家での同居は嫌だし……」と、正直に説明し、互いに見守っているんですよと言うと、「フーン」と狐につままれたような顔をしたので、後で結花と笑った。

「僕達孤立死の心配はないけど、孤独死になるかもしれないから、しょっちゅう来て下さい。僕はいまね、木村さんにダンスを習ってるんですよ」

「そう」と言っただけだった。三木はダンスどころではない。それを知りながら余計な事を言ってしまったと後悔していると、「あたし、三木さんと踊ってあげましょうか」と結花が言った。

「それはいい。体を動かし、気晴らしすれば、呆けにくくなるからな」

ダンスの練習会場へ行って三人で踊るようになった。三木はなかなか慣れている。結花も嬉しそうだ。

三月のことだった。早川が神戸の実家で急死したというのだ。あんなに元気だったのにと、和子はもちろんみんな愕然とした。そして僕は和子の健康状態が気になった。

「大丈夫よ、あたしは。毎年健康診断のほか、乳ガン、子宮ガンの健診も受けているし」

結花には僕がうるさく言っていろいろの健診を受けさせているが、気になることが一つある。心なしか口数が減って、そして食後の洗い物で食器を落としてしまうことが少し増えたようだ。手が震えている様子はない。それにしても研究者は器具を自分で洗うことが多いはず。こんなに毀していたのだろうか。僕はほとんど毀さなかった。大学院生時代、紀子に「あたし、婚約した人がいるので」と言われ茫然自失したときでさえ、器具をほとんど毀さなかった。結花自身は毀す度に、しまった、と思っているはずだ。注意しても多分効き目はないだろう。認知症の始まりだろうか。それとも何か心を占めているものがあるのだろうか。

和子が来たとき温泉旅行に誘ってみた。和子はさっそく結花にも相談し、二人とも賛同してくれた。結花の様子を日頃とは違う環境で観察したかったのだ。僕が温泉旅行を計画すると、よく知っている秋田の温泉になってしまう。どうせ行くなら田沢湖スキー場で滑ってくるのもいいわねと結花が言いだし、三泊四日の旅になった。結花の意欲にいくらかほっとした。

二月、東北新幹線で田沢湖駅に降りた。厚く積もった雪の山を目前にすると、七十歳台の我々は転んだら骨折するかもしれないと思った。怖くなって滑るのは止め、芸術村のわらび座でミュージカルを楽しみ、温泉に入り、次の日はバスで山の中腹に登って各室に囲炉裏のある「鶴の湯」温泉に一泊した。白濁の強い混浴温泉に首まで浸かって肩を寄せ合いながら雪の上を吹いてくる風を顔に受け雑談を楽しんだ。囲炉裏を囲んで、囲炉裏で焼いた串刺しヤマメを食べながらの夕食では、ラジオ体操の会、絵画教室、スラックラインの話は尽きなかった。足の悪い和子の手前、ダンスの話は避けた。結花にまったく異常はなかった。帰途の新幹線で結花も和子もうとうとしているとき、僕は早川の死を思い出し、こうやっているうちに一人消え、二人消えになっていくのかなあ、と思ったりもした。

四月からラジオ体操が始まった。今年第一回目のとき和子が早川の死を報告して黙禱を捧げた。皆の前に立つのは蓮見玲子。四十歳を過ぎているだろうがスタイルも身のこなしも良い。僕が後ろの方から皆を見渡しながら体操をしていると、結花が軽くではあるがすぐよろけることに気が付いた。帰宅して整形外科の受診を勧めると、本人も気がついていて、腰痛も膝の痛みもないいんだけどと言いながら早速近くの病院で受診した。高齢女性に多い骨粗鬆症はあるが、股関節、膝関節には異常が見つからなかったという。

女は年を取るとこうなるのかなあと思いながら、認知症の不安が甦ってきた。ラジオ体操の後、公園内を結花と腕を組んで歩くようにした。広い公園だから、公園外との境近くを一周すると相当の距離だ。運動は認知症予防になるはずだ。

三木は僕しかいない日の夜、つまり病院からスポーツクラブへ寄って帰宅し、夕食の準備をしている頃にしょっちゅうやって来る。チーズだったりさきイカだったり、ひょいとコンビニなどに寄っておつまみを買ってくる。いかにも不器用な心遣いだ。すぱっと酒を止めさせたいのだが、おつまみを持参されてはそうもいかない。若かった頃、学問以外はがさつな学生生活、結婚後は妻任せの家庭生活だったのではないだろうか。若いうちならこういう男は面倒を見てやらなくちゃと、女の母性本能をくすぐったのだろう。定年退職すれば粗大ゴミになる典型的な男だったはずだ。それが妻の介護をするようになるとは皮肉なものだ。

「萩本さん、木村さんや加賀谷さんの様子を見ていて、わたしも気持ちが明るくなってきましたよ」

「それは良かった。二人とも元気でしょう。ところで、タバコはお止めになったようですね。臭いで分かるんですよ」

「分かりますか。すっぱり止めました。今夜はこのチーズで飲みながらご教示願いたいことがあるんだ。けど、それは置いておいて奥さんはどんなご病気で？」

「膵臓ガンでした。ずいぶん早期の発見だったけど七年目に。ところで、三木さんには極軽度だけど脳萎縮があるんですよね。アルコールは控えたほうがいいんで、今日は缶ビール二缶だけにして下さい。大事なお体ですからね」

「膵臓ガンは恐ろしいと聞いていたけど」

「その話はちょっと声がつまるんで。で、三木さんは現役時代はどんな分野のお仕事をしておられましたか」

「高等教育関係の仕事だった」

「ほう、関心ありますねえ。大学教育はなんとかならんもんですか」

「なんとか、って？」

「息子の話では、と言っても息子はもう四十ですけどね、講義室の後ろ半分は講義を聴いていないっていうじゃないですか。講義を聴かない学生達の授業料公費負担が国会で審議されているようですが、許せないなあ。そんな金があるんなら介護に回すべきですよ」

「現場の人はさすがに鋭いですな」

「医療の世界では三カ月ルールってのがありましてね、急性期病院には三カ月以上の入院は認められていないんですよ。病状の急性期は三カ月は続かないはずだから、それ以上続いたら急性じゃないというのが理由なんですけどねえ。治療を中断できない患者は他の病院に転院ということになる。当然主治医が変わる。これが医者としても患者としても問題なんですよ」

「教育の分野にも難しい問題があってね。私は上司に逆らって当然の正論を官邸の秘書室にまで行って説明したから、次官や局長から干されてしまったんだ」

「そうですか。僕達は技術屋だから干されたら居心地の良さそうなところへ出て行くけど、文科省は一つしかないからそうもいかない」

「学生を地方へ分散させる法律を作ろうとすると、それはけしからんと都知事が言うんだよな。都は利己的だと思うけど、一極集中解消策を大学受験生にしわ寄せするのは許せんのだよ。なんとなく官僚が考えそうなやり方でだよ。おれも官僚だったけど。大学や大型研究所を地方に分散させれば自然に学生は地方へ分散するんだよ」

「医学部関係ではね、例えばね、遺伝子組み換え治療の中心研究所を長野県か鹿児島県に設置すればたちまちその周辺の人口は増えますよ。たとえば山中伸弥先生のようなノーベル賞受賞者が出たら、大きな研究所と人件費もたっぷりつけて、地方都市に設置すれば一極集中はやわらぎますよ。世界に誇る原子力研究所を福島に建てれば良いんですよ」

「なるほどなあ。大学だって中央と地方の大学を競争させろってのは中学生と大学生に相撲とらせるようなもんなんだ。だからって国立大学を全部東大にしてはダメだ。おれが注目していたのは教育内容なんだなあ」

「教授になった僕の親友の話だと、一カ月間まったく教科書もその他の学術書も読まない学生がちょうど半分だそうですよ」

「医学部でもそうなのか、驚いたなあ」

「地方の医学部教授の話だけど、面白い話があるんですよ。不勉強で留年することになった学生の父親がカンカンに怒って仕送りを止めてしまったんだそうだ。そしたらその学生はすっかり困って学生相談室の教授に相談に行って、いろいろ尽力してもらって、墓場を毎朝掃除してくれるなら寺での寝起きと朝夕の食事は面倒見るということで住職が引き取ってくれたんだそうでね。国立だったから学費はなんとかアルバイトで稼いだというんですよ。その学生はそれから卒業するまで成績優秀で国家試験もなんなく合格だったと笑っていましたね。受験生をいじくるより家庭教育と大学教育の現場の問題ではないですか」

「ビール缶が空になったし、ご高説を拝聴したし、今夜はこれで帰ります。また来るので宜しく」

「こんな話は三木さんとだから弾んだんですよ。またお出でください」

三木は機嫌良く帰って行った。何かガス抜きができたのだろう。ときには半分マジメな雑談もいいもんだと思って床に入った。

結花の事情

結花が来る木曜日になった。

「あたしの留守に変わったことなかった？」

「何もないさ。ただね、三木さんがしょっちゅう来るようになったんだ」

「何か、用？」

「いや、雑談」

「暇すぎるのかな、それとも淋しいのかな」

「話し相手がいないんだと思うよ。奥さんは介護付きのホームに入っているし、もとの仲間はみな天下り先で悠々やってるんだろうし」

三木の妻のことを話してみたが、そう、と言っただけでまったく関心を示さなかった。女は目の前のこと以外には興味がないのかもしれない。男は理屈の生き物と誰かが言っていたが、理屈は目先のことだけではない。

それにしても近頃結花の機嫌が一頃よりは悪いというか暗いような気がする。子供達との間で何かあるのだろうか。治療薬の話をすれば元気がでるのではないだろうか。

「三木さんの奥さんのことだけどね、やはりアルツハイマー型らしいんだけど、アリセプトはどの程度有効なのかなあ」

「効く人には少しは効くわよ」

「そう。何かで読んだか聞いたかしたんだけど、症状が出てからでは効かないっていう話本当かなあ。症状が出ないうちなら効くということか」

「そんなことないから無症状の、つまり認知症が発症していない人には処方しないことになってるの」

結花は少し話に乗ってきた。

「でもさ、認知症の始まりと、ただの物忘れとはなかなか区別できないんだよな」

「それは医学の問題ね」

「リバスタッチパッチってのは、アリセプトやメマリーとは少しだけ作用の仕方が違うらしいね」

「似たようなものよ」

なかなかとりつく島がない。やはり何かがある。

「話は変わるけど、お子さん達はお変わりなしでしょ」

「ないわ」

怒ったようなもの言いだ。

「そりゃ良かった。僕の方はね、二男の紀雄のところで孫が風邪ひいたって騒いでいたなあ」

「そう。そういえばね、あたしの財布ときどきなくなるんだけど、あなた知らないわよね」

「知らないなあ。結花の持ち物を触らないようにしているし、掃除のときなんか移動することはあるけど、中を開けたりは絶対にしないから」

「そう。それならいいんだけど」

内心ドキッとした。由木の妻の場合もそうだったが、認知症の始まりは財布の紛失、置き忘れから始まることが多いらしいのだ。近いうち認知症テストをしてみなければいけない。それから結花の日頃の言動について何か変わったことがないか和子に聞いてみる必要がある。

結花が空になった茶碗を片付け始めたとき和子がやってきた。

「ねえ、ねえ、聞いて聞いて」といつものように賑やかだ。僕はコーヒーミルと和子用の紅茶缶の両方を取り出すと、和子は紅茶用茶碗を茶簞笥から取り出した。

「あのねえ、由木さんがデイサービスを受けるようになったのよ」

「そう」と、結花はそっけない。僕が話を引き取った。

「やっぱりなあ。長谷川式の検査で、確か二十四点だったよなあ。二十点より多いから認知症じゃないっていう診断だったけど、少しは意味があるんだろうな。奥さんの方はどうなの」

「元気よ。一所懸命夫の世話をするの。仲のいい夫婦だからねえ。意外と明るいよ」

「終わりよければすべて良しっていうけど、認知症でも仲がいいから幸せっていうことかなあ」

いきなり結花が言った。

「まだ症状が軽いからいいんでしょ。もっと手がかかるようになったらどうなるかしらね」

その通りではあるけれど、明るく話しているのに、鼻白む、という気分になった。和子はすかさず話題を変えた。

「蓮見さんがね、ラジオ体操の会を取り仕切るようになったのね。彼女しっかりしてるわ。ラジオ体操に急に来なくなった一人暮らしの人を訪問してみようっていうの」

「それはいい。一人暮らしの人はやってもらいたいことがあったりするからな」

和子は帰りしなに、「結花さん、なんだか機嫌が悪いみたい。何かあったの？」と玄関でささやいた。

「分からないんだ」

結花が玄関に出て来たので話を打ち切って、「また来て下さい」と大きな声で言った。


ラジオ体操の後、結花は公園内の散歩にも付いてこなくなり無言で帰る。ダンスの教え方も少しぶっきらぼうになった感じで、練習する日も減った。何かがあるが、その何かが分からない。ラジオ体操の会場で和子に居酒屋で会うことを打ち合わせた。三木には今夜都合が悪いことを告げた。

「和子さん、近頃結花さんの機嫌が悪いのは何か原因があるのかなあ。和子さんに対してはどうお」

「二人だけで会っているときは、変わりないけど」

「そうか。僕に対して何か気に入らないことがあるんだったら、言ってくれればいいんだけどなあ」

「聡さんについては何も言っていないわよ」

「ご家族に何か心配事でもあんのかなあ」

「そうだとすると、あたしに何か話してくれているはずよ」

「なんとなく心配なんだ」

「それとなく様子を見るからあんまり心配しないで。聡さんはすぐ顔に出るから、かえっておかしくなるわよ」

「そうか気をつけよう。じゃ、この話はここまでにして、ビールを楽しもうか」

「以前は炉端焼きってのが流行ったけど、いつのまにか消えたなあ」

「炉端焼き、懐かしいわ。捻り鉢巻《はちまき》の若いのが、ハイーッ、てバカに大きなしゃもじに料理を載せてカウンター越しに寄こすのよ」

「そう、そう。目の前で焼くから食あたりの心配がなくて気分よかった」

「近頃の飲み屋は女性客が多いから、ああいうのが流行らないじゃない」

「居酒屋は男の休憩場、いや社交場だったのに女性用の店になったのかあ。女子高生までヤクザ言葉使う時代なのに、ハイ、一丁上がりー、なんてのはダメなんだわ、きっと」

「女子高生は仲間同士にしか分からない言葉を使うからねえ。花も恥じらう乙女なんてのはいなくなったんだよ、日本に」

「男の世界に女が入ってくると雰囲気ががらりと変わるんだよな。でもさ、化粧品買うために体売るなんての、本当かな。そう言えばね。三木さん、元気になったよ」

「そうらしいわね。結花さんが感心していた、聡さんに」

「ふーん。お絵描きも、スラックラインも大繁盛。良かったな」

話は、あっちへ飛び、こっちへ飛び、酔いも回ってきて、気分良く帰った。


水曜の夜だった。三木と和子がいるところへ、突然結花の娘、花凜《かりん》が訪ねてきた。お上がり下さいと言わないうちにつかつかと洋間に入ってきた。

「木村が大変お世話になっています」

あまりに突然なので、「どういたしまして」と言いながら花凜を見詰めた。どことは言えないが、険があるというか、感じが悪い。和子も同じように見たのだろう、看護師時代の口調で尋ねた。

「ご用件は何でしょうか」

「あたし、萩本先生と話しているんです。先生は母と夫婦同然なんですよね」

「そうですか。僕が萩本ですが、夫婦同然ではないですよ」

「だって同居しているんでしょ」

三木が、「じゃ、わたしはこれで」と言い残して去った。

「孤独死にならないよう互いに見守っているんだけど、そのことは同居する前にお母様からお聞きになってるでしょう」

「聞いています。でも、先生と母は一つ屋根の下に寝泊まりもしているわけだから、夫婦同然でしょ」

「男女が同じ屋根の下に住めば夫婦だということはないでしょ。夫婦でない同居はたくさんありますよ」

和子がたまりかねたように、助け船を出した。

「お嬢さん、花凜さん、あたしも先生の家にはときどき泊まるんですよ。今おられた三木さんも一緒に温泉旅行に行ったり」

「横から口を出さないで下さい」

僕は腹が立ってきた。

「お嬢さん。この、加賀谷さんはね、お母様の前のご主人のご病気のとき、親身になって看護された方です。もう少し穏やかに話しできませんか。それで、どうやらお母様絡みのことのようなので、お母様のいらっしゃるときにお話をお伺いしましょう。今日はもう遅いですからお帰り下さい」

僕はそう言って立ち上がった。

「母のいないところで話したいんです」

「お母様に内緒の話を聞くわけにはいきませんが、僕はこれから加賀谷さんと出かける約束があるので。では加賀谷さん、出かけるご準備を」

さすがに花凜は立ち上がって、ろくに挨拶もしないで去った。

「お母さんに似ていないいんですねえ」

そう言うと和子は、フッ、と息を吐いて腰掛けた。僕は胸に息が詰まって吐き出せない気分だ。めったに口を閉ざすことのない和子も黙り込んだ。

「何も話す気になれないんだわ。聡さん、今夜泊めてくれない？」

「いいよ。和室に布団を並べてなんだけど、いいだろう」

「いいわよ。スキーなんかでも同じ部屋に寝たこと何度もあったじゃない」

僕が茶を淹れた。

「お茶菓子はないから空茶だよ」

「いいわよう。これから歩いて帰る気がしないの。悪いねえ」

「ちょっと待っててくれ」

僕は和室に入って布団を敷き始めた。

「あたしが寝るのはどれ」と言って和子も手伝い始めた。

「結花さんが泊まるときに使う布団でいいだろ」

「いいよ、自分で敷くから。結花さん、しょっちゅう泊まるの？」

「それほどでもないけど、話が弾んだときとか、絵を描くのに夢中になったときとか。二階に息子のベッドがあるけど、階段で転んだりしないように和室で寝ることにしてるんだ」

「もう、寝ていい？　疲れちゃったんだわ」

「いいけど。風呂、どうする？」

「今夜はいいわ。寝る」

二人とも布団に入ると、たちまち眠ってしまった。


寝坊した。もう、ラジオ体操を終わって結花がそろそろ来るだろう。朝食作りは僕の当番。和子も僕の家の勝手を知っているので、掃除を始めた。

「昨日、ご飯を仕掛けておかなかったからパンだ。そろそろ結花さんが来るんじゃないかな。どうしてラジオ体操に来なかったの、なんて叱られるかな」

「人間だもの、寝坊することだってあるわよ」

ずいぶん待ったが結花は来ない。「食べよう」と言って、和子に合わせ紅茶にした。

「朝食でのパンには紅茶のほうが合うんだけど、いつも無意識にコーヒーを淹れてしまうんだよ、僕は」

「コーヒーより紅茶の香りのほうが上品だよね」

「そうだね。なんとなく気が重いなあ。結花さん、何かあったのかなあ」

二人は黙り込んだ。そして和子が後片付けに立ち上がりながら言った。

「結花さんの家に行ってみようか」

「うーん。僕は止めておく。こんな時は和子さん一人のほうがいいような気がする」

「そうお。何か分かったら後で教えるわ」

和子が出て行くと、気になっていた患者の疾患についてインターネットで情報を検索し、思考を巡らした。仕事のない日はいつも結花がいたから今日は久しぶりに一人で医学研修日だ。昼近くになって外に出た。結花と腕を組んで散歩していた公園内の小径を、一人でのそりのそりと歩いた。

花凛という娘が「いつでも来て」と同居を歓迎している、と結花は言っていたが、花凛はどうして僕の所へ乗り込んできたのだろう。亡くなった木村の家は娘に相続させたと言っていたし、娘はそれを売るらしいと言っていたから、遺産問題ではないだろう。それとも花凛の夫の病気とか孫に何かあったのか。

いつもは二十分で歩き終わる道を三十分もかかって、そしてベンチに腰を下ろした。気がつくと落葉樹の葉が散り始めていた。ときどきバタバタッと音がしてそれは鳩だった。結花に困った事があれば僕が力になる番だ。家に帰ると久しぶりに二階をきれいに掃除し、家の周囲の雑草を取った。泥に汚れた手を洗っていると、紀子の衣服を入れてある洋服ダンスをまったく開けたことがなかったことを思い出した。紀子が死んでもう五年も経つ。カビが付いていないだろうか。扉を開けるとかすかに樟脳の匂いが残っていた。これなら虫もカビも大丈夫と思いながら、女物の服に触るのがなんとなくはばかられた。紀子とは日々抱き合った仲だし、最期の一年はパジャマを着替えさせたり、下の始末を丁寧にしたりしたのに、女物の衣服を触るのに抵抗があるのはなぜだろう。これが母親の衣服であっても触るのはためらわれるだろう。とにかく女物の衣服を触るのに男の無骨な節くれ立った手はなじまない。僕には娘がいないから孫娘、聡太郎の娘に片付けさせることにしようと思いながら眺めると、どれも見覚えのある服だ。紀子がこれらの服を着た日々が思い出され、突然目頭が熱くなり、袖の一つを強く握ってみた。

夜になって久しぶりに紀雄に電話した。嫁が電話口に出た。

「元気にしてるか」

「あら、お父さん。ご無沙汰していてすみません」

「いいんだよ。紀雄はいるかい」

「まだ帰っていないけど。ご用があれば伝えますけど」

「たまには息子の顔を見たくなったって伝えてくれ」

聡太郎に電話するとやはり嫁がいるだけだった。僕も息子の年頃には早朝から深夜まで病院にいたものだ。そう思うと、年取ったなあ、と実感した。そうは言っても僕は百歳まで生きる。さて、これから何に打ち込むか。考えているとやり残していることが山ほどあることを思い出した。今夜は何から手を付けるかスケジュールを作ろう。

夕食を終わってパソコンに向かっていると紀雄から電話が来た。

「父さん、なんか用お」

「何もないけどな、母さんが亡くなってからみんなで集まることがなくなったから、たまには集まったらどうかって考えたのさ」

「兄さんとはしょっちゅう会ってるよ。父さんのところへ行くのは迷惑かなって遠慮してたんだ」

「バカ言うな。親父のところに来るのになんの遠慮がいるんだ」

「元気そうで、ほっとしたよ。じゃ、これからちょくちょく行くから木村さんに言っておいて」

「待ってるぞ」

結花は来なくなって月曜になり、仕事から帰ると三木が来た。そして、ビールを一缶あけたとき、由木芙美が来た。

「あら、お客さん？」

「どうぞ上がって下さい。ラジオ体操仲間の三木さんだよ」

「じゃ、ちょっとだけ上がるわ」

「最近来なかったから、どうしているのかなあって心配していたんだけど、ラジオ体操」

「うちの旦那、とうとうあたしの顔が分からなくなったんよ」

「そうかあ」

僕が言葉を失っていると三木が尋ねた。

「どこに入所しておられるんですか」

「ほら、成増駅に近いところにあるグループホームなんよ」

「ああ、あそこか。よく入れたね」

「運が良かったんよ。先生、淋しいわよう。こんなこと言いに行けるところないから先生の所へ来たんよ」

「僕の所で良ければいつでも来てくれ。僕も妻が死んじまって独り暮らしだから遠慮は要らないよ」

三木は自分の妻のことを口にしなかった。だが同じ立場の芙美に対してどことなく同情のような、親しみのような色を顔に浮かべながら芙美の顔を見つめている。

「由木さんはビール、飲む？」

「うちの旦那も、あたしも飲めないんよ」

「そうか。お茶がいい？　コーヒーがいい？」

「あたし、コーヒー飲まないんよ」

僕は何か茶菓子がなかったかと冷蔵庫を開けたら、昨日買った饅頭の残りがあった。電気入れっぱなしのポットの湯で茶を淹れ饅頭を出した。

「悪いねえ。先生にこんなことしていただいて」

「それにしても淋しいよなあ。僕にできること何もないけど、気晴らしにときどき来いよ」

かみ合わない雑談をぽつりぽつりと話して、三木も芙美も帰って行った。

週前半の診療が終わって、木曜の朝に起きると、一人きりだということを思い知らされる。今朝もラジオ体操に行かなかった。もう一日、病院での外来診療日を増やしてもらおうかと思いながら、ご飯に納豆を掛けていると「聡さんいるう?」と和子がやってきた。

「今朝も来なかったしさ、一人っきりでショボンとしてるかって思ってさ、朝ご飯持って来たよ。あら、もう食べてんの。納豆と卵と味噌汁だけ。じゃ、食べるの止めてちょっと待ってなよ」

和子は台所に行った。何か炒め物を作る音がして、キャベツとベーコンのソテーを皿に載せてきた。

「じゃ、あたしも納豆と卵貰うよ。それでね……」と和子は忙しい。

「結花さんのことなんだけどさ、あの後すぐ行ってみたんだわさ。そしたらね、結花さん玄関の靴脱ぎの前に立っててね、何しに来たのっていう感じであたしを睨んでるんだわさ。驚いたわあ。あんなことって初めてだよ。中に誰かいるような感じだったけど、いなかったのかもしれない。わかんない。驚いて帰ってきちゃった。その後も三回ぐらい行ってみたんだけどさ、誰も出てこないんだわさ、電灯《でんき》点いてんのにだよ。どうしちゃったのかなあ」

「僕も凄く気にしていたんだ、……」

「どうしちゃったのかしらねえ、ホントに」

「いろいろ考えていたんだ。もし、子供や孫の病気のことだったら、僕か和子さんに何かしら言うと思うんだ。いろんな病気あるからな。それに娘さん夫婦や孫の病気なら隠さないと思うんだ。遺産相続のことのような気がするんだなあ。それしか思いつかないんだよ」

「遺産てさ、木村さんとの家はあの娘に譲ったんだよね。結花さんはそう言ってたんだわ。この近くにある結花さん家《ち》は当然土師さんとの息子が相続するんでしょ。争いなんて起きそうにないよね。そう言えばさ、息子さん達のこと何も聞いたことがなかったよねえ。あたしにね、家族が誰もいなくて、良かったわねって言ったことがあったんだ。その時は、ムッ、としたけど、何かあるんだわ、きっと」

言われてみると、結花の息子のことが話題になったことがない。僕も自分の息子のことを話題にしないから気にならなかった。仲の良い親子だと思ったものだった。しかし、この間、突然訪ねてきた花凜を見たとき、結花はこの娘とうまくやっていけるのかなと思ったのだった。もしかしたら、同居することにして今住んでいる家の明け渡しを求めているのかもしれない。

「和子さんが行ってもダメなんだから、様子を見るしかないなあ。力になれなくて残念だけど。僕は結花さんにはずいぶん力になってもらったし、世話になったし、恩返しをしたいんだけど」

「淋しいよねえ。でもさ、あたし達いつまでもがっかりしていてもしょうがないよ。ラジオ体操も絵画教室もしっかりやろうよ」

「気を取り直して出席する。結花さんのことが気になっていて、出かける気にならなかったんだ。和子さん、話があるんだ。一つはね、三木さんも誘ってまた温泉へ行こうよ。彼も一人住まい、介護付きに入居している奥さんのところへ通っているらしいんだ。夫の顔が分からなくなった奥さんのところにな」

「そうだったの。あたし達の歳になると、いろいろ出てくるんだわね」

「それからもう一つ、結花さんが来なくなって家の中ががらんとしているから、結花さんに遠慮して来なくなっていた息子達を集めて、ほら、紀子が一時良くなったときみんなに集まってもらって会を開いただろう、あの時のように楽しい会を開きたいんだ。息子達は来てくれるって言ってるから、和子さんも来てくれ、な。孫達は大きくなったぞ、学校があるから来てくれるかどうか分かんないけど」

和子は相変わらず「来る、来る。忘れないで呼んでよ」と積極的だ。

聡太郎夫婦も紀雄夫婦も来てくれたが、孫は紀雄の子供達しか来なかった。聡太郎の息子は大学受験と高校受験で来られないという。紀雄の息子と娘はまだ二人とも小学校なのだ。食べる物は仕出し屋に頼んだ。

和子は張り切ってやってきた。洋間にはフライドチキンなどの洋食、和室には刺し身、寿司などの和食を並べたので、孫達は大喜びで二つの部屋を行ったり来たりする。僕と聡太郎と和子は洋室で笑い声を上げ、紀雄は和室で子供達の相手で忙しい。息子二人の嫁さん達は食べ物や飲み物の面倒を見ながら、さまざまな雑談に入って声を上げて笑う。紀雄の嫁は特に活発で和子と話が合うらしい。和子はなんとなくこの家の主婦のような感じになっている。

こんなに明るく仲の良い息子を産んで育ててくれた紀子の姿が脳裏に浮かんだ。女は男より長生きするはずじゃないのか。どうして僕より早く逝っちまったんだ。あまり思い出すとまた涙が溢れるから孫のそばに行って、抱き上げてみたり、じゃんけんしたり、にらめっこをしたり、楽しんだ。小さい子供達がいるので薄暗くなった頃、和子を残してみな帰って行った。

和子が、「あとはあたしがやるから」と言って、息子達を全員追い立てるようにして帰したのだった。二人きりになると、家は、しん、とした。

「あたし、今夜泊まってもいい？」

「もちろん。どうぞ」

後片付けだけをして、掃除は明日にすることにした。二人とも、すぐに眠ってしまった。

結花とは嫌になったらいつでも別々になるという申し合わせだから、来なくなったからといって様子を見に行く気は起きなかった。三木との温泉旅行は、奥さんのところへ通う三木の都合を考えて、伊東温泉に一泊ということにした。和子の旅費は僕が出すことにした。和子はしきりに遠慮したが、僕にはまだ月々の収入があるからと言って納得してもらった。

宿は海辺の民宿にした。潮騒の音を聞きながら新鮮な魚の料理を楽しんだ。

三木はやはり妻のことを聞いてもらいたいらしい。和子は長年看護師をやってきたから、そういう三木の心が分かるらしい。僕は誘い水を出した。

「三木さんは、奥さんと大恋愛だったんだよね」

「そうでもないよ」

たちまち和子が話を合わせた。

「どっちが積極的だったの？」

「まあね」

「分かった。三木さんでしょ。どうやって口説いたの」

「いまさらそんなこと言えないよ」

「まさか、手の方が早かったりして」

「わたしは紳士だったぞ」

「そうかしら。あんまり信用できないわねえ。だってさ、萩本先生ってマジメに見えるでしょう。奥さん、ものすごくきれいな人だったんだわ。口説いたくらいじゃダメだったんじゃない。絶対手が早かったはずだよ」

「そうですか、萩本さん」

「僕だって、日本一紳士でしたよ。ねえ加賀谷さん。男ってのは案外真面目なんだよ」

「あたしね、いろんな患者さんをみてきているから、男の裏の顔も知ってんのよ。油断してると若い看護師のお尻を撫でるくせに、一番世話になっている年増の看護師を女だと思っていないんだから」

　三木も僕も大笑いして、和子だけが腹を立てた。

　三木は魚については滅法詳しいことが分かった。そして、音楽の話になった。音痴の僕にはとてもついていけない。しかし、三木の音楽についての蘊蓄《うんちく》は聞いていて面白かった。

　光が丘に帰り着いて和子と二人でファミリーレストランに入った。

「結花さんが一緒だともっと楽しかったのにねえ」

「僕、考えが纏まってきた。結花さんはストレス性の鬱だ。まず、間違いない」

「どうして分かったの」

「遺産相続と子供達との仲違い、それしか結花さんがああなる原因は考えられないんだ。和子さんに、一人でいいわね、て言ったんだろう。そういうことなんだよ。僕は断言できる」

「じゃ、精神科に連れて行く？」

「いや、原因をなくしてやらなけりゃ治らない。それでな、土師さんとの息子、毅一君と結二君、どちらかの住所か電話番号知らないかなあ」

「知らないなあ。ずっと前のことになるけどさ、毅一君の結婚式にあたしお呼ばれしたんだわよ。毅一君はドイツに行ってしまったけど、結二君からはその後転居知らせが来たはずだから、取ってあるかも」

「調べてくれ」

「で、どうするつもり？」

「お母さんの状態を知らせて、医師として心配している内容を書き送ろうと思うんだ」

和子だけに任せず、結花の息子と同じ小学校だった紀雄に、結花の家へ行って結二の住所、電話番号を聞き出すように頼んだ。紀雄は週刊誌の記者で日本中あちこちに出かけては土地の人の話を聞いてくるのが仕事だから、話を作って結二の電話番号を聞き出すことなど朝飯前のはずだ。

紀雄は期待に応えてくれた。そして思いがけないことを言った。

「父さん。木村さんはＤＶ（家庭内暴力）を受けているんじゃないか。おれはＤＶについての取材をしたことがあるから、ピーンときたんだ。放っておかない方がいいよ」

「そうだったのか。で、どうしたらいい？」

「すぐ、結二と、結二の兄貴毅一さんに知らせることが大事だ。初めっから本気でかかることが大事なんだ。結二は大阪にいるからおれからも電話する」

和子も古い手紙から結二の住所を突き止めて僕のところへやって来た。

「ご苦労さま。有り難う。それじゃすぐ手紙を書く。姓は木村、それとも土師？」

「土師だった」

「そうだったか、やっぱりな。木村さんと再婚しても息子の姓は変えなかったんだ。そこに手がかりがありそうだ」

和子が帰っていったあと結二宛ての手紙の下書きを書いた。数カ月前から徐々に口数が減り、三カ月前から僕の家に来なくなったこと、親友の加賀谷和子が行っても玄関先で追い返されたことなど明らかに異常な状態を述べ、医師としてストレス性の鬱状態と推定されると書いた。そして、一度上京してお母上の様子を見てもらえないか、心配でならないと末尾に記した。ＤＶの可能性については紀雄が電話で知らせるはずだ。

翌日慎重に添削して投函した。返事がすぐ来るか、来ないか、いくらか不安があったが、返事はほとんど折り返しで来た。ほっとした。そして、日曜に僕の所へまっすぐやって来た。紀雄にすぐ電話したが不在だった。手紙に書いたことを改めて丁寧に説明し、ストレスがあることは間違いなさそうなので、その原因をはっきりさせてもらいたい。でないと、認知症へ傾斜するかもしれないと付け足した。言うか言わないか迷った末に僕の想像を言った。

「大変失礼なことを言いますが、お母様は妹さんとうまくいっていないような気がしてならないんだ。僕のこの大変失礼な想像がもし当たっていれば、医師である僕自身は何のお役にも立ちませんが、いろいろ知り合いもいますから、遠慮しないで僕のところへ相談に来て下さい。僕は結二君のお父様を看取ったので、結二君が他人とは思えないんだよ」

僕の話を黙って聞いているその様子から、ずいぶん出来た男だと思った。この息子がいれば心配はない。

「紀雄君からもいろいろお知らせ頂いているので、紀雄君にも会ってから、ドイツにいる兄貴にも連絡し、それから母のところへ行きます」

結二が去った後すぐに和子に知らせた。夕方に結二から電話があり、今日は大阪に帰るが次の土、日に上京する。その時いろいろ相談したいことがある、できれば聡太郎君や紀雄君にも会いたいとのことだった。僕は心からほっとして床についた。土師毅が死んだ後に結花が再婚するまでの間、結花の息子と僕の息子は同じ小学校に通っていたのだった。

聡太郎にそのことを知らせると土曜の夜と日曜は空けておくとのことだ。紀雄は取材のため九州に行っているという。

その土曜の夜結二がやってきた。来週、兄毅一がドイツから来るという。

「今日はどこに泊まる？」

「あの、紀雄君が泊めてくれるというのでお世話になることにしてます」

「それは良かった。久しぶりだから息子も君に会いたいんだろう。東京に来たときは、息子の家か、この僕の家か、どちらかに泊まってくれ。もちろんお母さんの所には泊まるだろうけど」

「有り難うございます」

「ずいぶん立派になられたなあ。お母様はお会いすると大喜びでしょう。今どんな仕事をしておられるの」

「はい。研究所の主任研究員をしています」

「おう。研究所は、もしかして循環器とか血圧とか、そういう関係？」

「はい。母がそういう関係の薬学をやっていたので」

「親孝行だねえ。僕の息子なんか一人も医学には来なかった。お兄さん、毅一君はドイツでどんなお仕事をしておられるの？」

「日本の製薬会社の支店長をしています」

「お二人とも偉くなったなあ」

毅一、結二の活躍が自分のことのように嬉しくて、その夜寝付けなかった。以前、結花の夫が死んだとき紀子が家出していて、そして、結花一家と蔵王にスキーに行ったことがあった。結花の息子達がなんだか自分の息子のようにさえ思えたものだ。僕の息子と結花の息子と四人、大きくなったら仲良く助け合う間柄になってくれれば嬉しいと思ったものだった。それが今現実になっている。願いが通じたのだ。

花凜は結花が産んだ子供ではなく、木村がいかがわしい女に産ませた女だった。花凜の夫はやくざかどうかは分からないが、結花に金をせびりにうるさくやってくる。とうとう、結花の住んでいる家を寄こせと言い出したということが分かった。毅一と結二が力を合わせ、紀雄が後方支援とでもいうような立場で、弁護士を立てて結花の家を売却し、代金は結二が管理するという解決まで半年がかかった。その間、結花は大阪の結二の家で静養した。


毅一がドイツからドイツワインを土産に、結二と一緒にやって来た。紀雄が来た。聡太郎に知らせるとすぐ東京に向かうという。和子に連絡して来てもらった。聡太郎と和子が会食の準備をしている間に、結二に結花のことを聞いてみた。

「おじさんのおっしゃる通り、母にはいろいろストレスがあって痩せていました」

「そうでしたか。で、これからどうなさるおつもりですか」と尋ねたとき毅一が部屋へ入ってきた。

「しばらくドイツへ連れて行き、フランスやイタリアの見物、ウィーンでコンサートなどを楽しんでもらうつもりです」

「良かったなあ。ホントに良かった。お母さんにはいろいろお世話になったから少しでも恩返ししたいと思っていたんだけど、役に立たなくて申し訳なかった」

「いえいえ、おじさんと聡太郎君と紀雄君のお陰で母を救うことができました。僕達の方こそなんてお礼を言っていいかわかりません。僕はドイツ、弟は大阪で、好きな方に来てくれと何度も言っていたんだけど、やっぱり東京がいいらしくて」

結二が言い足した。

「おじさんと一緒に住むって聞いたとき、良かったなあ、お医者さんのおじさんと一緒なら何も心配ないってほっとしたものでした」

「それは良かった。すぐ元気になるだろう。お母さんとはな、一緒に暮らしても、僕の方がお世話になるばかりで。ほら加賀谷さん、知ってるだろ。お父様が入院なさっているときの病棟師長さん」

「懐かしいわあ。こちらが毅一さん、こちらが結二さんね」

「はい、覚えていますよ。加賀谷さんもお元気そうで安心しました」

「あのな、お母さんと加賀谷和子さんと僕と、三人仲良しグループでお互いに楽しかったんだよ。三人で温泉に行ったり、お母様にパーティーダンスを教えてもらったりさ」

聡太郎と紀雄が、「さあ、食べる物ができたよ」と台所から料理を盛った大皿をいくつか持って来た。

「せっかくだから、戴いたドイツワインをみんなで楽しもう」と僕はワイングラスを出した。

聡太郎と結二の明るい様子から見て、結花のストレスの原因は完全に解決したことが分かる。ますます楽しい気分になり、息子達四人は光が丘の小学校に通っていた頃の思い出話になり、夜遅くまで笑い声が続いた。聡太郎と紀雄の妻達が自動車で迎えに来て、一斉に帰って行った。毅一と結二は紀雄の家に泊まるという。

翌日和子はまだ朝が早いというのにやって来た。気が早いのは昔からだが。

「そう。結花さんドイツへ行っちゃうんだわねえ。淋しいなあ。いつ帰ってくるんかなあ」

「さあなあ。結花さんは英語はできるし、もしかしたらドイツ語もできるかもしれないしなあ」

「あんまりでき過ぎるのって、ダメだねえ。あたし達淋しくなるじゃないかよ」

「そうがっかりするなよ。僕という二人力がいるじゃないか、目の前に」

「あたし達、三人組なんだよ、紀子さん亡くなってからは」

「大阪から行くんじゃ見送れないから、がっかりだ」

「結花さんもあたし達と別れるのが辛いはずだよね、そうでしょ聡さん」

「淋しがってるだろうなあ。さ、いつまでもメソメソしていてもしかたないから温泉に行こうよ。今度は二人だけで」

「いいの？　あたし、聡さんを襲っちゃうよ」

「そりゃあ嬉しいなあ。こんな爺さんで良ければ何度でも襲ってくれよ」

「バカねえ。襲うのは男。襲われるのは女って決まってるじゃないか」

「知らなかったなあ」

いろいろ相談して修善寺へ行くことにした。和子と二人だけだと何か盛り上がらない。

「こうやって、あたし達一人ずつ減っていくんだよね。早川さんや齋院さん、由木清さん、聡さんが知っているだけで三人もいなくなったんだわ、このたった三年間で」

「でも、和子さんは蓮見さんや、いろいろのお知り合いが多いんだろ」

「みんな年取ってきて、話が面白くなくなってきたんだよ。蓮見さんはいろいろご活躍で、ラジオ体操は止めたんだわ」

「いつまでも若かったら、僕なんか今も患者に冠動脈拡張術をやってるよ。そんなのもう嫌だよ。若い連中に任せておけばいいんだ」

「そうだわねえ。あたしも、もう看護師の仕事なんかやる気がしないよ。今度生まれてきたらね、白馬の騎士に出会ってね、あたしはすごい美人でね、……ウワー、想像したら体が熱くなってきたわ」

「若いねえ」

一泊の旅は笑い転げながら終わった。

十二月に入って間もなく結二から電話が来た。母親のことで是非会いたいという。もしかして認知症が始まったかとドキドキしたが違った。僕は紀子や結花のことになると、どうも落ち着きをなくしてしまう。もう七十五歳だというのにだ。

結花が間もなく帰国するが、その前にどうしても僕に会って話したいことがあるという。僕は木曜から日曜までは暇人だから、こっちから大阪に行ってもいいと言ったが、東京へ来るという。

「今回はおじさんにだけお話しして、聡太郎君や紀雄君には会わないですぐ帰阪します、忙しいので」

「ではコーヒーだけにしてお話をうかがうことにしよう」

「母は日本で死にたいから東京へ帰ると言ってきかないらしいんです。おじさんにはご迷惑を掛けることになるから、少し家庭の事情をご説明します」

結二と毅一は結花の二人目の夫、木村に馴染めなかった。それで何かと母親の結花に楯突き、毅一は高校時代にアメリカでホームステイして英語を学び、高校を卒業するとドイツの大学に入った。そして、そのままドイツにある日本の製薬会社の支店に勤務した。結二自身は結花のいる東京からことさらに大阪の高校に入り、大阪の大学に進んでそのまま研究員になった。大阪へ受験に行くとき、「結《ゆう》ちゃんが別れてというなら、木村とはすぐ別れるよ」と結花は言ってくれたが、今更何を言うんですかと大阪へ向かった。

「そのとき、母は大声をあげて泣いたんです」

もちろん母親を可哀想に思った。今思えば若気の至りの反抗で、後を振り返らずに新幹線に乗った。

「可哀想なことをしました。少し大人になってからは、父の命日や、正月には必ず兄と一緒に母のところへ来たんだけれど、母はまるで僕達をお客様扱いで……」

そこまで言うと結二は声が詰まった。

「そういうお話を聞かせていただいて、僕は助かりました。これからお母様とどう接していくか大変参考になったので。今のお話から分かったことは、お体の隅々まで検査してからでないと結論は出せませんが、どうも神経性食欲不振症、つまり拒食症ではないかと思われます。この病気はほとんど若い女性が罹るのですが、お母様のお歳でもまれに罹ることがあります。つまりお母様は女子高生と同じ純朴さを持っておられるということです。お母様は中学生のようにまったく世間ずれしておられないんですよ。それだけストレスがきつかったということです」

結二は自分の家にできるだけ近いところの介護付き老人ホームを探して結花は入っても

らうつもりだが、本人はホームが見つかるまで萩本さんの家で暮らし、光が丘を見納めたいと言っているので、帰国したら、しばらくおじさんの家に置いてもらいたいということだった。

「それは、もう、大歓迎。加賀谷さんもお母様がおられなくなってものすごく淋しがっているから」

「ほっとしました。断られたらどうしようと思うと母が可哀想で。それではすぐに兄に知らせますが、一つ、お願いがあります。母の帰国、帰京を花凜達には絶対に知らせないで下さい」

「わかりましたが、花凜さん達はどこにお住まいですか」

「川越です」

「川越ですかあ」

「何か?」

「ここから川越は近いんですよ。できるだけお母様を東上線には乗せないようにします。それと、紀雄は週刊誌の記者をしていますし、長男の聡太郎は銀行マンですから、弁護士はいつでも紹介してもらえると思うので、何かあったらすぐ知らせて下さい」

「それは大変有り難いことです」

「今夜はどこにお泊まりですか」

「突然なのでホテルを予約してあります」

「なんだ、この家に泊まってくれればいいのに。お母様が泊まってくれてるんですよ。ゆっくり飲めないじゃないか」

「明日の朝早く新幹線に乗るので。そうそう、母の生活費、遠慮なく請求して下さい。この前お渡しした名刺に電話番号も書いてありますから」

「ご心配なく。僕はまだ少々だけど稼いでいるんで」

結花が帰国したらまっすぐ結二が送って来ると言い残して帰って行った。僕は紀子の写真に向かって、また結花と同棲することを告げた。


結花が結二に付き添われて現れたのは、結二が来てくれてからおよそ二週間後で、十二月も半ばだった。結二に支えられて玄関に入って来た結花の変貌ぶりに胸が潰れた。最後に会ってからまだ一年余りだというのに、眼が深く窪み、頬はこけて頬骨が突き出し、棒杭に服を着せたような感じだ。出迎えて横に並んだ和子も声が出ない。とにかく結二と和子で支えながら部屋に入れて腰かけさせた。まるで末期のガン患者ではないか。

「和子さん、布団を敷いて下さい」

「ほとんど食べないんですよ」と結二が言った。

「何か、ご病気に罹られたんですか」

「いえ、風邪さえひかなかったんですけどねえ。兄が仕事で留守の間、ドイツでたった一人きり、兄以外の家族は言葉が通じないから話しかけることもできなかったらしいんです。せっかくコンサートや観光に連れて行っても遠慮するばかりで牢獄に入れられた気分だったらしいんです」

「そうだったんですか。長く大学の教壇に立っておられ、学会では活発に討論もなされたと思うんだけどねえ」

結二と僕が話している間、表情の失せた結花は黙ったまま窓の方を見ている。

「ずいぶんお疲れのようだから休んでもらいましょう。和子さん、手伝ってください」

「あの、ネグリジェとかパジャマとか、着替えの衣類は？」

和子が尋ねると、結二は大きなバッグを持ってきて、「この中に入っています」と言った。

結二に後ろから椅子を引かせながら、僕は横から結花の背に手を回して立たせ、そのまま手を伸ばして結花の背を抱えると右手で背を撫でるように膝裏まで下ろして持ち上げた。よく耳にするお姫様抱っこだ。その軽さに声が出ない。結花は素直に手を僕の首に回してくれた。そっと布団に下ろして寝かせると和子がパジャマに着替えさせてくれた。結花は重病人のように、されるがままになっている。まったく口をきかない。

「とにかく今夜一晩は僕が責任を持ちます。明日、病院に緊急入院してもらいます。よろしいですね。和子さん、二階の部屋の棚にまだ点滴液と点滴セットがあるかもしれない。使えそうだったら持ってきてくれないか」

　和子はすぐに二階に上った。その間結二が言った。

「空港へ迎えに行ったとき驚いてしまって、しばらく僕の家で静養しようと言うと首を横に振るんです。東京に行きたいのかって聞くとうなずくんです。母の家はもう売りに出していて中には何もないし、母の気持ちに添いたいし、こんな状態で大変ご迷惑でしょうが連れてきました。申し訳ありません。おじさん、お願いします」

「迷惑なんてないよ。ただ、どんなご病気かはっきりしないと手の出しようがないので、検査入院してもらいましょう。使える点滴液があればいいんだが」

「聡さん、ありましたよ。針の刺し口はフィルムが剝がれてないし、針やラインの方も滅菌済みの袋に入ったままよ。期限切れだけど。駆血帯もあるよ」

「持ってきてくれ。そしたら液を吊るすスタンドもあるだろ。結二君、スタンドは重いから持ってきてくれ」

皮下脂肪が全部なくなったような腕に地面を這う木の根のように血管が這っている。

「アルコール綿は仏壇の引き出しにある。血管は硬いはずだから気をつけて刺してくれ」

「聡さんがやってよ。あたし、もう何年も点滴やってないんだから」

補液のための点滴が始まり、僕は血圧測定、足のむくみなどを見てから、一通りの診察を終えた。呼吸器、循環器には異常がなかった。とにかく、ガンのような悪いものがないことを祈るしかない。紀子を救えなかった。あの喪失感は二度と味わいたくない。結花を何が何でも救ってやる。救えなければ医師免許証は破り捨てると、高ぶってくる気持ちを抑えられなかった。

「結二君、今夜ここに泊まっていくんだろうね。和子さんも泊まってくれ」

幸い息子達の家族が来たときのためにと紀子が揃えておいた客布団がある。点滴の終わった結花を和子と僕は両側から挟むようにして床につかせ、結二は二階の部屋に寝てもらった。いつもは賑やかな和子もほとんど口をきかない。電灯を消して、様子を見ていると結花は静かに呼吸している。僕は何度か半身体を起こして、暗闇の中で結花の様子をうかがうと異常はなさそうだが、眠っているのかどうかははっきりしない。和子も時々結花の様子をうかがっている。僕は手を伸ばし、結花の手を探してなでてみた。反応した。手の甲からそっと握ってみると掌を返して僕の手を軽く握ってくれた。それが無意識なのか、意識的かは分からないが、何かにすがりたいという気持ちの表れだと思った。

いつの間にか僕は眠ってしまった。その間、和子はときどき結花の様子を見ていたらしい。昔取った杵柄《きねづか》と言うが、和子はさすがに看護師だ。

朝五時半、僕が決まって目が覚める時刻だ。ラジオ体操へ出かけるために生理的に設定された体内時計によるのだろう。

朝食は七分粥にして炊き始めていると和子が起き出してきた。

「おはよう。聡さん、早いのね」

「ラジオ体操のおかげだよ。和子さんがいるから僕は眠ってしまったけど、結花の様子は？」

「うん。今はすやすや眠ってる」

「そうかあ」

僕は、ほっとした。

「明るくなってからの様子によるけど、救急搬送はいらないかもしれないな」

「そうねえ、まだ分からないよ」

二人はひそひそ話しながら、朝食のおかず作りは和子にまかせ、僕は便所と風呂場の清掃を始めた。もし、結花が目を覚ましたら風呂に入れてみよう、せっかく和子がいるのだ。

結二が起きてきた。

「結花さんが目を覚ましたわよう」

和子の大きな声が聞こえてきた。結二も僕も結花のところへ走った。結花は目をぱっちり開けている。昨夜よりは目に光がある。

「結花さん」和子が声を掛けた。「眠れた？」

結花は和子を認めたらしく、起き上がろうとした。

「まだダメよ。ドイツから来て、すぐ東京へ来て、疲れてるんだから」

結花は結二の顔を認めると、僕の顔を見た。

「おはよう。よく来てくれたね。待ってたんだよ」

「そうよ、結花さんがいなくて、聡さん、泣いてたんだよ」

そう言われて僕は目頭が熱くなった。

「起きる？　起きるなら僕が手伝うから、和子さんと一緒に」

結花はうなずいた。

「和子さん、風呂に入ってもらったらどうだろう。さっぱりすると元気が出てくるかもしれないから」

「お医者さんが入浴を許可してくれるんなら、看護師のあたしとして、ノーは言いません」

「そうか、それじゃ入れてくれ。二人で入れる風呂だから和子さんも一緒に入って背中を流してやってくれないか。もしもに備えて寝床は準備しておく」

「何か食べなくちゃ」

「じゃ、一口、二口、食べるのを先にするか。その前に口をすすがせてくれ」

和子は病人扱いのベテランだから安心して用を頼める。結花はときどき聞こえないほどの声で「有り難う」と言う。和子は湯で絞ったタオルで顔や首を拭いてやり、食卓に着かせた。昨夜と違って結花の顔に表情が現れた。もう、病人扱いをしない方がいい。そう判断した僕は、声の大きさはいくらか抑えながら、「結花がいなくなって淋しかったんだぞ。和子さんなんて泣いてたんだぞ。よく帰ってきてくれたなあ」

「ホントよ、結花さん、聡さんなんてね、気の抜けたビールみたいになってね。あたし、すごく心配したんだよ」

「僕は、とにかく嬉しい。帰ってきてくれて」

結花はお粥一膳と、卵焼き、梅干しを食べてくれた。和子と後片付けを始めると、結花は立ち上がって手伝おうとした。

「ダメだよう。夕べ東京までの長旅から帰って来たばかりじゃないか。お客さまになってなきゃダメじゃないか」

「ちょっと待っててね。聡さんが風呂場をきれいにして、湯を沸かしておいてくれたから、あたしが背中を流してあげる。さっぱりすると旅の疲れが取れるわよ」

こういうのを阿吽の呼吸と言うのだろうか、入浴で頻脈や血圧低下を起こさないか、そっと和子に耳打ちしておいたが、何ごともなく風呂から上がってきた。結二に大きなバスタオルを持たせて待ち構えさせ、風呂場から出てきた結花の体を包んで、寝床へ運ばせた。身繕いを済ませた和子は結花にパジャマを着せた。

「疲れたでしょう。しばらく休んで下さい」と言いながら、僕は結花の血圧を測り、脈を見た。異常は見つからなかった。どうも拒食症のような気がする。

「結二君、救急で処置しなきゃならないことはないから、これから僕の通っている病院に連れて行って、ベッドが空いていればそのまま検査入院してもらおうと思うんだ」

「有り難うございます、おじさん」結二は僕の手を取って言った。

和子が言った。

「そうした方がいいよ。この痩せようは異常だよ」

結花はずいぶん疲れている表情だが、結二にゆっくり頷いた。来てくれて有り難うという意味かもしれない。結二はいくらか安心したらしい。和子が結二に昨夜からの経過を説明していた。

僕は結二を洋間に誘って言った。

「結二君。お母様は心配ないと思うけど、検査入院してもらいます。ところで僕は女物の衣服は分からないので、加賀谷さんと相談して揃えて下さい。新しいものはいらないと思うけど。とにかく昨夜の物だけでは足りませんよ。死んだ妻の物はまだ捨てずにありますが、死んだ者の衣服は縁起が悪いから」

「はい。とにかく僕は母に親不孝のし放題だったから、何でも、何でもやります」

言っているうちにどうやら結二は目頭が熱くなってきたらしい。

結二は小声で「二階を使わせてもらえませんか」と言った。僕は和子にこのまま結花の側にいてくれるように手振りで伝えると、結二と一緒に足音を忍ばせ階段を上った。

結二は、「母に聞かせたくないので」と前置きして話し出した。

「実は、母はドイツでほとんど何も食べなかったらしいんです。兄が口に合う物をいろいろ工夫したらしいんだけど。神経症だったんですねえ」

「結二君の妹が人並みだったらこんなことにはならなかったと思うんだけど、ずいぶん心を砕かれたんでしょうねえ。花凜さんをなんとかしようと努力に努力を重ねて、どうにもならなかったんでしょうねえ。お母様はね、大学の教壇に立って学生達をご指導なさっていたから、心の強い方と見られがちでしょうけど、めったにいないほど純粋な方なんですよ。お若い頃から清純で、汚《けが》れなんか全然ない方で」

ここまで言うと婚約時代を思い出して胸が詰まった。

「今、そんなこと言ったたって意味がないから、最善のことをやりましょう。とにかく僕に任せてくれ」

「お願いします」

「これからはしばらくここでお暮らしになるのなら、遠慮しないで、精一杯都合をつけて来て下さい。最大の治療法は結二君が繰り返しお母様に顔を見せることです。一、二度顔を見せればそれで済むわけじゃないんだよ、結二君」

結二は立ち上がり、深々と頭を下げた。

「間もなく病院へ行く時刻だから下へおりよう。タクシーを二台準備するから一緒に行こう」

結花は素直に僕の指示に従ってくれたのでほっとした。内心、拒否されたらどうしようと不安だったのだ。

入院は、一週間から十日間の見込みということになり、結二は結花の手をしっかり握ると、「また来るよ」と言い残して去った。

消化器内科の主治医に、「そうとうきついストレスで拒食状態にあるので、そばにいて不安をなくしてやらないと」と言って、この夜は和子と交代で結花のそばにいることにした。

紀子や三木のときと同じように、血液検査や内視鏡はもちろん、頭部のＣＴも含めて徹底的に検査したが、年相応の脳萎縮、呼吸機能低下、軽度の貧血など以外、心配な異常は見つからなかった。

僕が診療日の日は僕が、それ以外の日は和子も結花のそばにいることになり、和子は僕の家に泊まることが増えた。朝食や夕食の準備がほとんど交代制になったので、僕も助かった。和子と茶を飲みながら雑談することが増えた。

「結花さんて可哀想な人だよな」

「本当だね」

「息子に反抗され、出て行かれ、娘にはいじめられ」

「あたし思うんだけど、ほら、あたしが結花さん家《ち》に行ったとき追い返されたことがあったでしょ」

「そう和子さんは言ってたな」

「あの頃、結花さんは花凜夫婦にいじめられていたんじゃないかな。あの家を譲れって」

「なるほど。ありうるな、あの花凜ていう女の印象からみて」

「そうだよ。絶対そうだよ。譲渡のための書類かなんかを作って署名しろってさ。もしかしたら暴力を振るわれていたかも。絶対そうだわよ」

「どうして僕達に相談してくれなかったのかなあ。必ず力になったのになあ」

「結花さんはそこまで聡さんに負んぶする気にはなれなかったんじゃない。筋を通す人だから脅迫に折れるなんていう融通はきかないしさ、大学の先生だったから、あたしなんかと違って一本筋が通ってるんだよ」

　診断は栄養障害。当初は中心静脈栄養も考えたが様子を見ていると夜は眠れるらしいし、食べる量も少しずつ増えてきたので腕からの点滴だけにした。それでも一リットルは入れるから四時間も掛かる。骨と皮だけのような体では褥瘡《じょくそう》ができやすい。僕と和子は必ず二度は右を向かせ、左を向かせ、背中、腰、臀部にクリームを塗ってさすってやった。一週間経つと付き添ってやればトイレまで歩いて行くようになった。

　入院十日で退院できた。

「ね、和子さん。退院祝いをやろうよ」

「やろう、やろう。聡さんとあたしだけじゃ淋しいわね」

「じゃね、紀雄を呼ぶよ。あの息子は人情だけは人並み以上だから」

「だったら聡太郎さんは？」

「大袈裟すぎて結花さんが気詰まりにならないかな」

「そうね、じゃ紀雄さんが偶然来たことにしてだわね」

結二が上京した日に合わせ、結花の退院祝賀会を開いた。料理は消化の良い物で量は少なめ、アルコールはなしにした。早川がいればキーボードピアノを弾いてもらって合唱するところだが、早川は神戸の実家で死んでしまってもうとっくにいない。こんなとき、紀雄は調子がいい。あの単純なマジックをして、和子はおかめとひょっとこの両面踊りを見せた。結二のハーモニカに合わせて、唱歌、童謡を合唱した。紀子の全快を機に「健康記念日」と命名したときの祝賀会よりは、子供全員がいない分盛り上がりがさほどでなかったが、結花は嬉しそうだった。そして、結花を床に就かせて洋間に戻った結二は声をおさえて泣き出したのだった。母親がこれほど寛いだ様子を見たのは初めてだったという。

「そう。じゃね、この次はお子さんやお嫁さんも連れて来て下さい。二階にベッドが二つあるからホテルに部屋をとらなくていいぞ」

結二は繰り返して、母を頼むと言って帰って行った。

結花との同棲が再開して家の中に落ち着きが出てきたとき由木芙美がやってきた。

「何度か来たんだけどさ、いつもお客がいるらしいんで。あのな、あのな、先生、あたしのダンツクが死んじゃったんだよう」

そう言い終わると、ワッ、と泣き出した。そしてテーブルにのせた僕の腕を掴んだ。慰める言葉を知らなかった。芙美は泣くだけ泣くと帰って行った。死因は聞かなかったが、誤嚥性の肺炎だったかもしれないと想像した。

結花のことに夢中だった間に三木は来なくなっていた。結花が再び僕の家に住むようになって一年が経つ頃、その三木がやって来た。

「ちょっとご無沙汰したが、今日はご挨拶に伺いました」

少し改まったもの言いだ。

「実は家内が死にまして」

「そうでしたか。残念でしたねえ。心からお悔やみ申し上げます」

僕は立ち上がって頭を深く下げた。そこへ和室から結花が出て来て、「伏せっていたものですから、こんな格好で。亡くなられましたかあ。残念でしたねえ。本当に残念でしたねえ。お悔やみ申し上げます」と述べて、台所へ行った。茶菓子を探しに行ったのだろう。

「あ、あのお構いなく。今日はすぐお暇《いとま》します。出かけるところがあるので」

「そうですか。何かとお忙しいんでしょう。少し落ち着かれたらまたお出でください」と言いながら僕はお茶を淹れた。

「実はですね、家内が死んだのは三カ月前でしてな、後のことはもう済ませました。それでですな、職に就くことにしたんですわ。会いに行く相手もなくなって、独りでいてもしかたがないんで」

「そうでしたか。お仕事はどちらで」

「甲府なんですよ。それでこの光が丘に来ることはなさそうなんで挨拶に来たわけですわ」

「それは淋しいなあ、僕としては。でもお仕事をなさることがなにより救いになるかもしれませんねえ」

「そうなんだ。それで仕事を始めることにしたんでしてな」

「木村さんはご主人を亡くし、僕は妻をなくし、我々はそんな歳なんですねえ」

「これはご挨拶のしるしでして」と三木は箱入りの洋酒を出して立ち上がった。僕は有り難く頂戴して、「では、失敬します」と言い残して出て行く三木を見送った。

　以前ほどの元気でないにしても、結花の健康不安はほぼ解消できた。そして、結二の家族も二、三カ月に一回はやって来るようになった。僕はもう七十六歳を過ぎたが目標の百歳までは二十年余りある。これからは、結花、和子と三人の長生き競争だ。

三人で行く温泉を考えているうちに、やはり秋田の乳頭温泉が頭に浮かんだ。紀子の写真が仏壇に飾ってあって日々手を合わせているためか、忘れてばかりいる紀子の遺骨移動のことを思い出した。思い立ったが吉日だと、すでに夜は遅かったが聡太郎に相談の電話をかけた。日を改めて、紀雄にも相談することになった。

聡太郎と紀雄に、まず、結花がまた同居することになった事情を説明してから、紀子の遺骨移動を相談した。こんなとき銀行員の聡太郎は役立つ。銀行から融資を受けている葬儀社などに相談してみると言ってくれたのだ。まず東京界隈の霊園や寺に墓地の空きがあるかを調べ、墓地を決めたらすぐ秋田の寺に掛け合うことになった。聡太郎も紀雄も、母親の遺骨のことだから全力を尽くすと張り切ってくれた。

遺骨移動のことが決まるまで、結花との温泉旅行はなんとなく秋田ではないところを探すことにして、そして、結花の体調はまだ不安があるから熱海の温泉へ和子と三人で行くことにした。

僕と和子が結花を両脇から支えるようにして東京駅まで行き、なんとか無事に温泉宿についた。いつも和子が結花に付き添っているから、結花は湯あたりもしないで、くつろいだ顔で寝床に入った。

結花は日増しに元気になり始めた。すると僕は和子の健康が心配になってきた。和子に確かめると毎年健康診断は受けているが、胃と大腸の内視鏡検査は受けていないという。直ちに朝霞の病院で僕がその検査をした。大腸に異型細胞と思われる病的細胞のある小さなポリープを見つけたので、その場で切除し病理検査に出した。結果はたしかに異型細胞ではあるが、今のところガン細胞のようには思えないから半年ごとの検査で経過観察ということになった。

これでよし。結花、和子、そして僕はまだまだ仲良し三人組でからかい合い、ふざけ合い、コンサート、映画、散歩、花見を楽しめる。今のところ子供、孫の家族にも健康上の心配はないようだ。ただ、孫達がどの子も勉強嫌いで困っているらしい。これは親夫婦の問題で、僕は関係ない。

結花があらためて僕と同棲するようになって一年が経った。

いよいよ紀子の遺骨移動の日、聡太郎と僕は腰の曲がった妹に立ち会ってもらいながら秋田の墓へ行き、寺の仕来りに従って紀子の骨壺を取り出し、同時に両親の遺骨を小さな骨壺に少しだけ分骨し、東京へ持ち帰った。埋葬先は川越の先にある霊園だ。位牌を家の仏壇の最上段に置いてみるとそこに紀子がいるような気がした。

お墓参りは霊園の施設前に設けられた参拝広場で行う。他の参拝者がいる場合も多いので、広場はかなり広めなのだという。お供え物や卒塔婆等は禁止されていた。

個別埋葬にしてもらってある。結花には法事があるのでと留守居役を頼んで霊園に行き参拝広場の前にある献花台に花を供え、線香を立てた。順繰りに手を合わせてから全員で川越の街中のレストランで思い出話を語り合った。聡太郎も紀雄も紀子との思い出は多く、思わず涙ぐむこともあった。突然、紀雄が言った。

「あのね、母さんと父さんは仲が良すぎて、あれ、ダメだよ」

「どうして？　仲が良いのはいいんじゃない」と聡太郎の妻が言った。

「だってさ、子供の前で、平気でキスするんだよ。子供だったからなんとも思わなかったけどさ」

聡太郎が相槌を打つ。

「そうなんだよ。あれ、教育上良くないよ、父さん」

「教育上悪くないからお前達はなんとか一人前になったんだろ」

「それは違うよ。僕達がしっかりしていたから良かったんだよ」と紀雄は負けていない。

「いや、親の教育が良かったんだ。とくに紀子の教育がな」

今度は聡太郎が冷やかしてきた。

「父さんの言う通りということにしてやるけどさ、なんで別れそうになったの。俺達子供だったけど、父さんと母さんが別々に暮らすなんて嫌だったんだよなあ、紀雄」

「お前達に、夫婦は一緒にいるもんだということを教えてやったのさ」

「弁解がうまいなあ。母さんをものにしたのはそういう話術だったんだ」紀雄は面白がって僕をからかう。

「でもな、母さんは美しかったぞう。めったにいない美人だったんだ」

「それで母さんを口説いたんだ」聡太郎が僕の顔を見詰めた。

「まあな」と言って僕は話題を変えた。

埋《うず》み火の炎

僕が八十歳になったとき、結花を誘って秋田の乳頭温泉郷、蟹場温泉に行った。何年ぶりだろう。結花はまるで老妻になりきっている。以前のように僕に対して突っかかるような物言いはしなくなった。拒食症治療を恩に着ているのだろうか。僕は昔のように突っかかってくれる方が歳を忘れていられるのだ。肩をすぼめて小さくなっているような、哀れな結花と一緒になっているわけじゃないんだが。

もう結花と交わることなどはなくなった、ことさらに頬ずりをしたり肩を抱いたり、手を握ったりはする。髪がめっぽう薄くなった結花はされるがままだが、ときに声を大きくして元気そうに振る舞ってくれる。それが演技でないと思うようにしている。

結二が時々来るようになってからときどき思い出すのだが、以前、紀子との問題が解消された後、僕の頭の中からてるてる坊主のような白い小さな人形が四人出てきた。二人が紀子の産んでくれた子供、あとの二人が結花の子供。その四人が大きくなって、仲良く助け合ってくれたらいいという、幻想のような、夢のようなものを見た覚えがある。

そのことを紅葉の山を見上げながら結花に話してみた。こういう非科学的な話に結花は興味がないらしい。

「そう」

結花は、「だから?」という感じでそれは昔と同じ反応だ。ことさらに僕に話を合わせてこないことが、かえって僕には嬉しかった。新雪の雪山で、一度ついた足跡は次の雪降りまで、強風が吹きすさぶまで、消えない。すでに十五年近く結花と共に歩んできた足跡は、思いがけないことが起きない限り消えないのだ。

「あら、きりたんぽ、懐かしいわあ」と結花が喜んだ。

僕は地茸の醤油漬けを口に運んだ。

「また、七尾に行ってみようよ。二人だけで」

「どうして和子さんを誘わないの」

「二人だけであのお墓のある丘に立ちたいんだ」

結花はちらりと僕を見た。

「聡さん」

「ん?」

「あんた変わらないわねえ」

「そうかい」

「あなたの目つき、女ったらしの目つきよ」

「きついこと言うなあ。結花にいじめられながら死ぬんだろうなあ、僕は」

「そうよ」

ようやく結花節が戻った。

「もう、床に入っても結花をいじめることができなくなったから、別の手段を発明しておかなくっちゃ」

「いやらしいのねえ、八十になっても」

「でもさ、僕が襲ったとき、嫌がらなかったじゃないか」

「付き合ってあげただけじゃない。可哀想だから」

「そうかなあ。案外、僕より好きだったりして」

「バカ。もう。腹が立つ」

「ごめん。この話止めよう」

いろいろ話題はあるはずだが、毅一、結二のことは避けておいた方が無難だし、もうラジオ体操の会には行っていないし、昔話は婚約破棄のことを避けられなくなるし、考えてみると様々なことがあって、話題選びに苦労する。今、入ってきたばかりの温泉のこと、ここへ来る列車やバスの車窓から見た景色など当たり障りのないことを口にしては料理を口に入れる。

「あのねえ、結二から大阪の介護付き老人ホームを紹介されているんだけどね。聡さん、どう思う」

「とうとうそういう話になってきたか」

僕は目を伏せた。

「今すぐってていうわけじゃないよ。誤解しないで。ただね、ホームを確保しておいたらって言うの」

結二は五十歳前後だろう。働き盛りだ。毅一はいつドイツから戻って来るのだろう。あと十年経ったら、僕が九十歳になったら結二は定年退職だろう。そう計算していると、まだ、結花が老人ホームに入るのは早すぎるように思えてくる。

「それは結花の気持ちで決めることだけど、僕は淋しくなるなあ。だって結花は僕の老妻だもの」

「若妻じゃなくて悪かったわね。あのね、あたしもホントはもう少し聡さんの側にいたいのよ。ただ、聡さんにとってあたしが重荷なんじゃないかって、結二が心配してるのよ」

「とんでもない。重荷どころか、いてもらいたいんだ。僕の顔みろよ。結花が本気で好きだってこと、分かるだろ。別れるとすれば僕が介護付き老人ホームに入るときさ。そのときは残念だけど別れよう。結花に看取ってもらいたいんだけど、しょうがないよなあ」

「あら、聡さんはあたしを看取るんでしょ、紀子さんのときのように。そうじゃないと不公平よ。あたしが初恋の女なんでしょ。忘れないでよ」

「そりゃ無理だよ。女の方が長生きだし、結花は僕より若いんだから」

「ダメよ。絶対に。あたしより先に死んだらひっぱたいてやる」

「死んでもいじめられるのかよう。僕が死ぬとき誰に介護してもらったらいいんだ」

「お医者さんなんだから自分で介護しなさい」

紀子と同じことを結花は言った。

「ひどいなあ。さてっと、もう一度、屋内温泉に入って寝ようか」

体を温めて、布団に入った。そろそろ別れが近くなってきたと思うと淋しくなってきて、結花の手を握ったまま眠った。

次の朝、結花が言った。

「あのね、言いたいことがあるんだ」

「遠慮しないで言えよ」

「いつになったらあたしを奥さんにしてくれるの」

「えっ」

「あたしと結婚するって約束してくれたわよね。もう忘れたの？」

「覚えてるよ。でも……」

「もう一度、言い直しなさいよ」

「分かりました。喜んで繰り返します。僕の妻になってください」

「紀子さんのこと忘れてくれる？」

「何回も言ってきたじゃないか。紀子は前世の妻。結花は現世の妻」

「ホントに忘れられるのね」

「はい。ではね、こうしよう。今月から毎月の給料は全部結花に渡す。それで生活してくれ。もし、何かの出費で足りなければ遠慮しないで言ってくれ。僕達もう預金を増やす必要はないから」

「あたしも年金貰ってるわよ」

「それは大事にとっておけよ。思い掛けないことっていつ起きるか分からないからな」

そう言うと僕は前々から言おうと思っていたことを付け足した。

「ところでね、毅一君と結二君にはできるだけ世話になったほうがいいよ。少し重荷になるぐらいでちょうどいいんだよ。お二人とも今どき珍しい程よくできた息子さんだ。お母さんの面倒見たくて仕方ないんだよ。僕の想像だけど、再婚したことで結花はひどく遠慮してるんじゃないか。もしそうなら、それはもう忘れなきゃダメだ。それから何十年経ったと思う。結二君はね、結花がこの家に来て、いくらか落ち着いたのを見たとき泣いてたよ。嬉しい、おじさん有り難うって。僕まで泣きそうになったよ。あんまり優しい息子さんなんで」

結花はじっと僕の目を見ている。

「結二君に一緒に見物しようって言われたら、京都、奈良、四国、どこにでも連れて行ってもらって、楽しまなくちゃ。毅一君がヨーロッパ観光を一緒に楽しもうって言ったら、喜んでいそいそと行くのが親子だよ。息子に甘えられるのは今のうちだよ、年取ってるんだから」

僕の心を込めた説教が結花の胸に届いたようだ。

結花との夫婦らしい生活はあまり長くは続かなかった。結二がしょっちゅうやって来て、何かと結花の面倒を見てくれるのにほだされて、大阪にある介護付きの老人ホームに入ることを結花が決心したのだ。僕を必要としなくなったのだ。結花が八十歳になったとき、ついに別れる日が来た。聡太郎と紀雄が大阪へ行ったときはすでに結二の家を訪れるようになっていた。結花は花凜と縁を切ることができたので姓を土師に変えることができたという。萩本一家と土師一家は親戚同様になっていた。

結花が去る日、東京ステーションホテルでお別れの会を開いた。聡太郎と紀雄の家族、和子、僕が全員出席した。新幹線ホームで手を振って別れた後、聡太郎が僕と和子をタクシーで家まで送ってくれた。

家に入ると、僕も和子もすっかり気落ちして、和子はのろのろ夕食の準備を始め、僕は風呂場をきれいにした。

「淋しくなるわねえ」

落ち込むことを知らないはずの和子がゆっくりご飯を口に運ぶ。間を置いて僕は言った。

「和子さん、これからは、この家に居ることにしないか」

「そうねえ。あたしも八十になったのよねえ」

「僕は八十三だ。だから兄と妹さ。とは言っても、病院に赴任したときから和子さんはお姉さんだったけど」

「お風呂に入ろうかしら」

「どうぞお先に」

僕は和子が風呂に入っている間に床を敷いておいた。そして、和子が上がってくると僕が入った。

「あら、布団をくっつけているのね」

「悪かった？」

「お互い歳だから悪くはないけど」

風呂から上がると、昼に飲んだから、少しだけワインを飲んで布団に入った。


結花からまめにハガキが来る。元気らしい。結二の家族とは円満にいっているらしい。それが何より嬉しい。僕はすぐ返事を書いて和子の様子も知らせた。

多かった和子の友達は少しずつ減っているらしい。

「あのな、和子さん。これからはときどき二人で温泉に行こうよ」

「いいわねえ。行こうよ。そう言えば三木さんどうしてんだろう」

「忙しいんだろう、なしのつぶてだから」

「もの凄く奥さんに尽くしていたから、がっくりしてるわよ、絶対」

「でもな、別れの挨拶に来たとき、案外元気そうだったよ」

「そう。重しが取れて、やっと自分に戻れたんだわさ、きっと」

「由木さんの奥さんはどうしてるかなあ。結花さんのことで夢中だったからすっかり忘れてた」

「それがね、奥さんも認知症になって、清さんの入っていた老人ホームに入ってるんだわさ」

「すごく仲の良い夫婦だった。羨ましいほどだった」

「近いうち行ってみようか。一緒に行ってみない」

和子は八十になってもすぐ行動だ。当分呆けそうにない。

和子との旅費は全部僕が持つことにして温泉旅行を計画した。僕は八十五歳になったら朝霞の病院を辞めることにしているが、それまで少し間があるのでわずかばかりだが収入がある。子供達は生活に困っていないようだから、非常勤医師としての手当を蓄える必要がない。

温泉はまず近いところからということで、上越新幹線で十日町市に行き、タクシーで星峠の棚田を見てから、川端康成の「雪国」で舞台となった湯沢温泉の露天風呂に入った。この温泉の開湯は鎌倉時代初期だそうだ。そんなことを話題にして夕食を楽しんだ。和子はけっこう酒豪だったらしいが、さすがに飲む量は少ない。

川湯温泉「仙人風呂」に混浴温泉があるというので二人で年末に出かけた。混浴は、湯壷の縁に寄りかかりながら肩を並べて入り、雑談できるところがいい。年は取っても独身、処女の和子は相当恥ずかしがり屋で、前を大きく隠して湯壺に入ってくる。結花と一緒の時は結花の後ろに隠れるようにして入ってきたものだった。

「湯あたりするといけないから、そろそろ上がろうよ。そして、美味しい物食べようよ」

大阪へ結花に会いに行った。結花は涙を浮かべて喜んでくれた。和子がいないときに僕の耳元に囁いた。

「あたし、聡さんの奥さんよね。もっと来てくれなきゃダメじゃない」

「ごめん。間もなく仕事辞めるから、八十五歳になったら辞めるから、そしたらもう来なくていいって言うほど来るぞ」

「約束ね。裏切らないでよ。あたし、聡さんに見守られて逝くんだから」

「分かったよ。そのときはしっかり抱きしめてキスするから嫌がるなよ」

「エッチねえ、聡さんは。そんなことされたら旅立てないじゃないよ」

「そしたら、旅立たなきゃいいんだ」

結花が元気だったことが、和子にも僕にも何より嬉しいことだった。結花も一緒に温泉旅行したい様子だったので、結二のお許しが出れば、この次の機会に誘うことを約束した。

「和子さん、女ってさ、結婚すると夫を尻に敷きたがるんだそうだよ。そういうものらしいんだ。結花さんだって二人きりになると僕につっかかってばかりだった」

「聡さんとは結婚していないのに？」

「だからさ、紀子には離婚届を突きつけられて、いじめられたよなあ」

「へえ。そうだったっけ。忘れたわ、とっくに」

「僕達、こうやって楽しんでるのが一番幸せなんだよ。老いとは自由ということだと誰かが書いていたけど、和子さんとも死ぬまで自由を楽しもうよ」

「でもね、一度結婚してみたかったなあ」

「そうか。和子さんは仕事に夢中だったからな。キャリア・ウーマンには独身が多いんだよな」


帰京すると聡太郎と紀雄が、今のうちに介護付き老人ホームに入っておけと談判にやってきた。今まで住んでいた家はしばらくこのままにしておいて、ホームからときどき来ればいいという。来られなくなったら売却して、代金をホームでの費用として口座に入れておけばいいという。売却代金と言っても四十数年前に建て売りで購入した家だから売値は土地代だけだろう。しかし、結婚当初からの僕の家庭生活を刻んだ家が重機で粉々にされるのは見たくない。紀子が生きていたら僕の腕にしがみついて、破壊されていく家を黙って見詰めるだろう。

「結花さんはどうしているかなあ」朝食のとき和子が言った。「近頃何か連絡があった？」

「それがなくなったんだよ。もしものことがあれば知らせてくるだろう。そろそろ行ってみなきゃな。来年の三月に仕事辞めるから、それからは頻繁に行けるけど、そうだなあ、今年の年末に行ってみるか」

「それがいいわ。あのさ、話は違うけどさ、ほら、土師毅さん」

「うん。拡張型心筋症だったよなあ」

「そうそう。結花さん、亡くなるまで、それは甲斐甲斐しく面倒見ていたんだけど、亡くなった後、霊柩車に乗ってから、毅さんにしがみついて大声で泣いて泣いて大変だったらしいんだわ」

「やっぱりなあ。そうだったのかあ。僕とときどき同居するようになってから、何かというと僕に絡んでくるような言い方で、突っかかってきたけど、やっぱり夫が亡くなって、元気な僕を見ると腹が立ったのかもしれないなあ」

「いつまで経っても鈍いなあ、聡さんは。黙っててよと言っていたから黙ってたけどさ、結花さん、婚約していた人に裏切られたんだってさ。だけどね、その裏切った人をいつまで経っても嫌いになれないんだって。その人、聡さんでしょ。だってさ、聡さんと一緒のとき、嬉しそうだったもの。突っかかるのは照れ隠しよ。いい歳して聡さんが好きだなんて言えないわさ」

「照れ隠しかあ。女っていうのは分かんないなあ」

「とにかく聡さんは鈍感過ぎるんだよ。あたしを看護師としか見ていなかったでしょ。看護師はね、人間でね、あたしは女なんだよ」

「そんなこと分かってるよ」

「分かんないよ。この、ウスノロ。あたしも好きだっていうこと。八十過ぎた清純乙女にここまで言わせるなんて。ホントにウスノロだ」

さすがに返事ができなかった。しばらくして言った。

「僕はね、和子さんをね、戦友で、そして上官だと思っていたんだ。歳は下でもな」

「上官を好きになっちゃいけないの？　バカ」

「すいません」

「病院にいた頃、紀子、紀子だったから、あたしなんか目に入らなかったくせに」

「紀子が死んでから二十年以上経つよなあ。紀子はとっくに僕のこと忘れただろう。これから和子さんに恋人になってもらおうかな」

「あたしを馬鹿にしてるの」

突然の激しい剣幕にきょとんとした。

「ばかにしないでよ。そういうこと言うもんじゃないよ。聡さんが悪気がなくて言うから、ますます腹が立つんだよ。そういう言い方に女は一番傷つくんだよ」

僕はどうしてこんなに怒るのかぴんとこなかった。

「ぼんくら頭の、世間知らずっ。蹴飛ばしてやろうか」

「すみません。でもな、言われてみると僕が一番好きなのは和子さんだったかもなあ。だってさ、和子さんといるといつも、どんなときも心が落ち着いたから。僕があまり腹を立てないでやってこれたのは、そばに和子さんがいたからかもな」

「聡さんはね、自分ではいいつもりでいても、周りの人が聡さんをどう見てるかなんて考えたことないでしょ。病院で一緒に仕事してたとき、循環器内科医だったのに、消化器内科に出かけていって肝臓ガンの動脈閉塞術をやってやったことあったでしょ。聡さんはうまくいって満足したでしょうけど、周りの人達は何でもやれることをことさらに見せびらかしているって思ってたんだよ。ただ、聡さんは院長になろうなんていう野心がなかったから、嫌われはしなかったけど。周りからいいようにこき使われているのに気づかなかったでしょ。見ていて情けなかったよ」

ドンドンと玄関へ向かい、「見送らなくていい」と叫ぶように言い残して出て行った。

次の日の昼前、「聡さん、いるぅ」と何事もなかったようにやって来た。テーブルの上に「これね、クリームコロッケ。揚げたてだから美味しいよ」と皿を出してきて載せた。僕は茶を淹れた。


結花から音沙汰がない。和子と一緒に大阪へ行った。結花は元気だった。軽い脳梗塞を起こして、リハビリ中だという。あの拒食症で血管がボロボロになったためかもしれない。結花は僕の手を両手で包み涙を流した。そばに和子がいたけれど、結花の頬に僕の頬を押しつけた。結花の涙が僕の頬を濡らした。結花は言語障害が出ているらしい。

僕に替わって和子が結花に頬ずりした。どうやら人の言うことは理解できるようなので、和子と代わる代わる光が丘の様子や、星峠の棚田、川湯温泉のことを話して聞かせた。思い出話をすると、結花はよく回らない舌で話に加わった。

「あのな、結花さん。また三人で温泉に行こうよ。僕は付き添いの医師になるから」

結花は何度もうなずいた。この約束を必ず実現すると僕は心に誓った。そう誓いながら目標の百歳まで生きられるだろうか。九十歳になったら八十七歳の結花と和子を引率できるだろうかという不安が生まれた。

佐々　泉太郎（さっさ　せんたろう）

東京医科歯科大学医学部卒業。秋田大学教授、田島内科医院院長。著書に『病棟婦長命令第三号』（幻冬舎）、『コサック物語　アンチャールの木──妖樹』（東洋出版）、『洛陽の怪僧』（東洋出版）、『雪積む里　ばかたれ男 泣き虫女』（東京図書出版）、『恋のうず潮』（東洋出版）がある。

恋と愛のシリーズ　第二弾

恋の埋み火

2018年5月6日　初版第1刷発行

著　者　佐々泉太郎
発行者　中 田 典 昭
発行所　東京図書出版
発売元　株式会社 リフレ出版
〒113-0021　東京都文京区本駒込 3-10-4
電話 (03)3823-9171　FAX 0120-41-8080
印　刷　株式会社 ブレイン

ISBN978-4-86641-142-2 C0093
Printed in Japan 2018
落丁・乱丁はお取替えいたします。

ご意見、ご感想をお寄せ下さい。

［宛先］〒113-0021　東京都文京区本駒込 3-10-4
東京図書出版

佐々泉太郎の本

幻冬舎
病棟婦長命令第三号
医師として成熟していく仙波魁、静かにおのれと向き合う男の葛藤を描いた純愛小説

東洋出版
（コサック物語）
アンチャールの木――妖樹
時代の渦の中、コサック青年が民族融和の志を抱きながら家族、愛、すべてを失い戦場へ

東洋出版
洛陽の怪僧
（薛懐義と武則天の物語）
極貧の孤児だった怪僧・薛懐義。武則天を中華帝国唯一の女帝に即位させられるか

東京図書出版
（雪積む里）
ばかたれ男　泣き虫女
江戸末期の雪深い農村を舞台に養蚕家の婿と出戻り女が織りなす恋模様

東洋出版
恋のうず潮
「恋人ってのは一人しかいないんだよ」。あの時一人を抱きしめていれば……

東京図書出版
（恋と愛のシリーズ　第二弾）
恋の埋み火
ふたたび燃え上がる恋心。かつて婚約までしておきながら別れた聡と結花。お互い歳を重ねたいま、恋の歯車が動き出す